大江戸科学捜査　八丁堀のおゆう
北斎に聞いてみろ

山本巧次

JN199644

宝島社

目次

おゆうの家
本所
長岡町
両国橋
北斎の家
横網町
入江町
喰町
お実乃の家
大川
六間堀町
深川
岸島町
一色町
永代橋

大江戸科学捜査
八丁堀のおゆう
北斎に聞いてみろ
地図
西海屋
神田鍋町
東屋
伊勢町
日本橋
御城
新右衛門町
中野屋
八丁堀
南伝馬町
南町奉行所
鶴仙堂
山下町
浅倉屋
本湊町
貞芳の家
南大坂町
梅屋
芝口
芝神明町
秀玄の家

登場人物

おゆう（関口優佳《せきぐちゆうか》）…元OL。江戸と現代で二重生活を送る

鵜飼伝三郎《うかいでんざぶろう》…南町奉行所定廻《じょうまわ》り同心

源七《げんしち》…岡っ引き

千太《せんた》…源七の下っ引き

松次郎《まつじろう》…岡っ引き

戸山兼良《とやまかねよし》…南町奉行所内与力

中野屋嘉兵衛《なかのやかへえ》…骨董屋「中野屋」の主人

鶴仙堂永吉《かくせんどうえいきち》…絵草子屋「鶴仙堂」の主人

梅屋基次郎《うめやもとじろう》…唐物屋「梅屋」の主人

西海屋吉右衛門《せいかいやきちえもん》…唐物問屋の大店「西海屋」の主人

駒川貞芳《こまがわていほう》…北斎の贋作を描いたとされる絵師

お実乃《みの》…貞芳の娘。絵師

葛飾北斎《かつしかほくさい》…世界的に評価される化政期の人気浮世絵師

阿栄《おえい》…北斎の三女。浮世絵師で、号は応為《おうい》

宇田川聡史《うだがわさとし》…「株式会社マルチラボラトリー・サービス」経営者。分析オタク

三厨幸典《みくりやゆきのり》…「林野《はやしの》ビルデベロップメント」開発企画本部青山開発室チームリーダー

大江戸科学捜査　八丁堀のおゆう　北斎に聞いてみろ

第一章　青山の贋絵

一

風がかたかたっと障子を揺すり、奥側の座敷から冷気を運んで来た。さすがに霜月《しもつき》に入ると、江戸の街も冬の装いを帯びてくる。表側の座敷で火鉢に当たっていたおゆうは、ぶるっと身を震わせた。八ツを知らせる鐘の音が、寒風に乗って届いた。

(あーあ、もう八ツかあ。何にもしないうちに時だけ過ぎていくなあ)

綿入れの着物の上にどてらを引っ掛けたおゆうは、大きく溜息《ためいき》をついた。この馬喰《ばくろ》町《ちょう》の端、両国橋《りょうごくばし》に近い辺りの仕舞屋《しもたや》に住まうようになってもう二年近く。ご近所の困りごとや失《う》せ物探しなどに手を貸すうち、近頃では十手まで預かるようになっている。ちょいと別嬪《べっぴん》の頼れる姐《ねえ》さんとして、界隈ではそこそこ名も売れているのだが、今回抱え込んだ一件については、すっかり頭を悩ませていた。

(とりあえず動いてみるしかない、と思ったけど、簡単な話じゃないよね。どう話を持ちかけようか……)

おゆうは傍らの畳に広げた一枚の文書《もんじょ》に目をやり、また深く溜息をついた。その文書が今度の一件の始まりであり、唯一の手掛かりでもある。おゆうが頼まれたのは、その文書に書かれたことが事実かどうか確かめてほしい、というものだった。こう書けば、実に単純な話である。だが、確かめる方法が問題なのだ。

（関わってる当人に聞いてくれってあっさり言われたけど、相手が相手だから、やっぱり構えちゃうよね。見ず知らずの女がいきなり訪ねて行って、ここに書いてあることはどういうことですかなんて聞いたら、放り出されるかもなあ）

聞きようによっては相手を怒らせるような話である。相手は身分は高くないが結構名のある人物で、どうも気難し屋だという噂《うわさ》だ。御用の筋でもないのに十手をちらつかせて機嫌を損ねたら、何も話してはくれないだろう。だったらこんな面倒な話、引き受けなければ良かったのだが、そうもいかない事情もあった。何と言っても、受けてしまった以上もう遅い。

（うーん、どうも安請け合いしちゃったか……）

おゆうは頭を抱えた。だが、安請け合いと言いながらも自分ではわかっている。この話には、大いに興味を惹《ひ》かれるものがあったのだ。中身だけでなく、礼金も、であるが。

（結局、この名前に引きずられて乗っちゃった、ってことになるのかなあ）

おゆうは改めて文書に目を落とし、その中に書かれた名前をじっと見つめた。「北《ほく》斎《さい》」。その名がおゆうを捉え、深みに引きずり込んでしまったのである。

（とにかく、文書の中身に沿って順に当たって行くか。ああもう、その一方で依頼人

はこっちの状況をまるでご存知ないし、こっちから説明もできない、ときてるんだから）

おゆうは顔を上げ、開いた襖《ふすま》の向こう、奥側の座敷の押し入れをじっと睨《にら》んだ。その押し入れの奥の羽目板を外すと、そこには階段がある。おゆうしか知らない秘密の階段だ。その階段は床下ではなく、上に向かっている。だが、行く先は二階ではない。おゆうの家は平屋だ。その階段の向かう先は、ずっとずっと上。雲の先の、はるか彼方《かなた》。この一件の依頼は、はるか時空を超えた二百年先の東京から届いたものだった。

依頼は、唐突にやって来た。数日ぶりに東京の家に戻った優佳《ゆうか》は、メールチェックのためスマホの画面を開いて、驚いた。「頼みがあるから連絡くれ」と一言。差出人は、宇田川聡史《うだがわさとし》。これは非常に珍しいことであった。いや、驚天動地と言った方がいいくらいだ。宇田川の方から先にメールを寄越すなんて。

宇田川は優佳の高校の同窓生で、民間の分析ラボを先輩と共同経営している。当人は様々な物の分析にしか興味がないオタクだが、同窓の先輩がその腕を見込んで、一緒にベンチャーを立ち上げたのだ。経営面はその先輩がこなし、宇田川は好きな分析に腕を振るっているだけだが、仕事は確かなのでラボ自体は軌道に乗っていた。優佳は同窓の縁で宇田川のところに様々な分析対象を持ち込み、それがいたく宇田川の興味をそそっている。その関係で優佳はラボにしょっちゅう出入りしているのだが、物事の依頼は常に優佳からで、宇田川の方から何か持ちかけて来るのは、記憶にある限りこれが初めてだった。

優佳は驚くと共に好奇心に駆られた。愛想のかけらもないメール——宇田川のメールは常にそうだ——で、文面からは重要度合いは全く読み取れないが、よほどの用事でなければ向こうからメールは寄越さないはずだ。即座に「何事？」と返信した。優佳も宇田川への返信には最小限の語数しか使わない。

応答は十分後にあった。「明日十一時。来れるか」とある。現在無職の優佳には、取り立てて予定はない。「了解」と返信し、デスクにスマホを放り出すと、腕組みした。

（いったい全体、何なんだ）

優佳は正統派の文系人間で、宇田川の仕事の助けになるような知識技能は一切持ち合わせていない。ついでに言えば、金もない。頼みごとをされる心当たりはなかった……はずなのだが。

（まさか……あっち絡みじゃないだろうな）

唯一、あり得るとすればそれだ。「あっち絡み」のことについては、宇田川には相当借りがある。頼まれれば断り難い。だが、優佳としてはできれば避けたいところだった。

(けど、あっち絡みだとしても、改まって頼みがあるなんて、どんな話よ)

それはやはり、想像がつかない。優佳は悶々《もんもん》としてその夜を過ごした。

翌日十一時。優佳は阿佐ケ谷《あさがや》の住宅街にある、株式会社マルチラボラトリー・サービスの玄関ドアを押して、中に入った。もう何十回となく出入りし、すっかり勝手のわかっている場所だ。何の遠慮もなく、すぐ前の階段を上がって二階の事務所に向かう。

「こんにちは。いつもどうも」

事務の女子社員に普段通りの軽い挨拶をして、そのまま奥の宇田川の作業場へ通ろうとした。すると、女子社員が急に立ち上がり、「あ、今日は三階の方です。ご案内します」と言ってカウンターの前に出て来た。

「え、そうなんですか」

優佳は驚きを隠さずに言った。これだけ何度も訪問して、三階へ行くのは初めてだった。宇田川は二階奥の自分のスペースからほとんど動かないので、三階には用事がなかったのだ。確か三階は半分が分析室で、残り半分は社長室、会議室、応接室になっている。優佳は妙な居心地の悪さを感じつつ、女子社員に付いて三階に上がった。

女子社員は、応接室らしい黒っぽいドアに歩み寄り、ノックして開けると室内に

「お見えになりました」と声をかけ、振り向いて手で優佳に、どうぞと促した。

「えー、どうも、お邪魔します」

普段宇田川の部屋に入るときは、挨拶もなしにいきなり飛び込むのだが、応接室のように改まった場所だとそうもいかない。

「おう」ろくに手入れしていない髪に強度の眼鏡という、いかにもオタク然とした姿をソファに沈めていた宇田川が、挨拶代わりに手を挙げた。相変わらず、白衣を羽織っていなければニートの引きこもりと間違えそうだ。いったい何よと声を出しかけた優佳は、宇田川の向かいに二人のスーツ姿の客が座っているのを見て、はっと姿勢を正した。二人の客は、優佳を見てぱっと立ち上がり、丁寧にお辞儀した。

「あ、ど、どうも。失礼します」

思いがけない展開に戸惑った優佳は、目で宇田川に説明を求めた。だが宇田川には、その辺をくみ取って客同士が気まずくならないよう紹介の労をとる、などという社会人としての基本的マナーが備わっていない。優佳を指して、「これが関口《せきぐち》」とだけ言った。優佳は宇田川を蹴飛ばしてやりたくなったが、客の手前、それは控えた。

客の方もいくらか当惑していたようだが、さすがに優佳より立ち直りは早かった。

「あ、関口さんですか。初めまして。私、林野《はやしの》ビルデベロップメントの三厨《みくりや》と申します」

年上らしい方がテーブルに出していた名刺入れを取り上げ、一枚抜いて優佳に差し出した。続いて若い方が、足立《あだち》と申します、よろしくお願いしますと言って、同様に名刺を出した。名刺を持たない優佳は、すみません、頂戴します、関口優佳です、とだけ応じ、二人の名刺を受け取った。

「林野ビルデベロップメントさん……ですか」

会社名を聞いた優佳は、ますます戸惑った。もと不動産会社のOLだった優佳は、林野ビルについても良く知っている。都内各所に大型オフィスビルを持ち、非上場会社ながら保有床面積では国内で五指に入る大手だ。そんな会社の人間が、宇田川にいったい何の用だろう。その上、私にまで用があるとは、どうしたことなのか。名刺に目を落とすと、社名の下に「開発企画本部　青山《あおやま》開発室　チームリーダー　三厨幸《ゆき》典《のり》」と書かれている。開発担当？　これは、ますますわからない。

「あのう……」

何から聞いたものかと言葉を濁したところに、女子社員がコーヒーを運んで来た。それで一拍置けたので、優佳は改めて相手を見た。おや、この三厨という男、なかなかのイケメンだ。年は三十三、四というところか。身長は……百七十五以上はありそうだ。グレーのスーツに濃いブルー系のネクタイ。センスも悪くない。優佳の隣で面倒臭そうに座っているどこかのオタク野郎とは、対極だ。

足立と名乗った眼鏡の若い方は、二十六、七だろう。名刺に肩書がないので、三厨の後輩のスタッフと思われた。こちらは三厨に比べると線が細く、少々頼りなさそうに見える。物腰も控え目というより、自信なさげだった。この男に比べると、三厨の態度はずっと洗練され、落ち着いている。だがその三厨にしても、優佳にどう話をすればいいか迷っているようで、助けを求めるように宇田川を見た。そこでようやく宇田川も気付き、優佳に顔を向けた。

「こちら、うちに頼み事で見えたんだ。絵の鑑定がラボでできないか、って」

「絵の鑑定？」

何じゃそりゃ。話が見えない。このラボで美術品の鑑定を扱っているなど、聞いたことがない。どう考えても畑違いだ。

「あ、すみません。私からご説明いたします」

三厨が口を出した。さすがに、宇田川に任せては埒《らち》が明かないと理解したようだ。

「弊社が西青山の再開発区域にオープンする、青山クロエをご存知でしょうか」

「あ、はい。存じてます。商業施設とオフィスとホテルが入る、大きな複合ビルですよね」

その名は優佳ならずとも知っている。青山クロエと命名されたのは再開発の中核になる四十階建てのビルで、もう外観は出来上がっており、春のオープンを控えてメディア総動員の大規模なプロモーションが、既に始まっていた。クロエとはフランスかどこかの女性名を思わせるが、「クリエイティブ ロマンティック エモーション」からの造語らしい。

「ええ、その通りです」

三厨の顔に、ちょっと感心したような色が浮かんだ。優佳が「お店とか会社とか」ではなく「商業施設とオフィス」と言ったので、業界を知る人間、とわかったのだろう。

「青山クロエにはカルチャー施設として、東館三階から六階までに美術館が入ることになっています」

「はい、東京青山美術館ですね。あ、絵の鑑定って、もしかするとその美術館絡みなんですか」

言ってから優佳は、ちょっと先走ったかなと思ったが、三厨はまた感心したように大きく頷《うなず》いた。

「恐れ入りました。おっしゃる通りです。私共のチームが美術館を担当しています。この美術館は、日本の伝統芸術をメインに据えていまして、陶芸や日本画、特に近世絵画に力を入れて蒐集《しゅうしゅう》しております」

「近世の日本画と言いますと……江戸時代の絵ですか。屏風《びょうぶ》とか掛け軸とか浮世絵とか」

「ええ。よくご存知ですね。目玉になる展示として、軸と浮世絵が何点かあります。俵屋宗達《たわらやそうたつ》、池大雅《いけのたいが》、歌麿《うたまろ》、北斎といったものですね」

へえ、それは凄そうだ。優佳は美術には素人だが、近頃は江戸物に関しては多少わかるようになってきている。その代わり洋物になると、ダ・ヴィンチとゴッホの区別すら怪しい。

「その北斎が問題らしいんだ」

それまで黙っていた宇田川が、ようやく口を挟んだ。なるほど、いくらか話が見えて来た。

「もしかして、北斎の絵に偽物が混じっているかも知れない、と？」

「実は、そうなんです」

三厨は眉間に皺《しわ》を寄せて頷き、足立に顔を向けて目配せした。足立は小さく「はい」と応じ、足元に置いていたブリーフケースを膝に乗せて開けると、A３判の光沢紙を取り出してテーブルに置いた。

「あ、これ、北斎の浮世絵ですか」

「はい。画像データに取り込んでプリントしたものです」

光沢紙に落とし込まれたその絵を、優佳はじっと見た。橋の上から川を眺めた図だ。

両岸に並ぶ商家や蔵。川面《かわも》には何艘《なんそう》もの舟。手前の舟には川遊びの人々が乗り、一人一人の様子が詳しく描かれている。遠くに山並み。見事な遠近法。欧州の画家たちが競って真似《まね》たという、あの印象的な画法だ。

「実物はもっと大きいんですが」

足立が説明しようと身を乗り出してきた。優佳は絵から顔を上げ、首を傾《かし》げた。

「大きい？　それじゃ、版画ではないんですね」

版画なら、このA３判に近い大きさが主流だ。

「肉筆画です。今まで知られていなかった作品です」

へえ、と驚いて優佳は改めて絵を眺めた。見たことのあるような絵柄ではあるが、そう言われると確かに、全く同じ構図のものは目にしたことがなかった気もする。

「かなり貴重なものですね」

「ええ。私共の美術館の目玉の一つになります」

そう言った三厨の顔が、急に曇った。

「ところがこの絵に、贋作《がんさく》ではないかという疑惑が出て来まして」

「なるほど、そういうことですか」

「その疑惑の根拠と言うのが、これなんです」

三厨の言葉を受けて、足立がブリーフケースから書面を二枚、引っ張り出した。一枚はパソコンで打たれた普通の文書だが、もう一枚は古い文書のコピーのようだ。

「これは、ある郷土史家の方が提供してくれた古文書の写しで、もう一枚の方《かた》はその現代語訳です。これによりますと、問題の絵は事情があって別人が北斎の名を騙って描いたものだというんです」

「別人が騙った？」

優佳は現代語訳を手に取り、読んでみた。

「日本橋《にほんばし》新右衛門町《しんえもんちょう》中野屋《なかのや》嘉兵衛《かへえ》が所有する北斎画、両国大川《おおかわ》の景は、本湊町《ほんみなとちょう》の絵師貞芳《ていほう》が描き、北斎の贋《にせ》の落款《らっかん》を入れた贋作である。貞芳は大川端武乃屋《たけのや》が所有する北斎描くところの両国大川の景を、甘言をもって模写し……」

どうもわかりにくい。古文書を直訳したらしい、やたらと固い文章だった。優佳は頭の中でポイントを整理し直した。

・絵師貞芳は武乃屋が持っていた北斎の作品、両国大川の景を模写し、贋の落款を入れ、武乃屋が潰れて閉店した後、本物とすり替えた。
・貞芳は本物を売却し、代金を懐に入れようという魂胆であった。
・一方、武乃屋に残った贋作は自分が手に入れて中野屋に売ってしまった。
・真贋を見抜けぬまま売ってしまったのは、自分の不徳の致すところである。
・このたびあなた様にお売りする絵は、自分が八方手を尽くして取り戻した真筆である。

何なんだ、これは。優佳は首を捻《ひね》りつつ、文書の署名を確かめた。「鶴仙堂永吉《かくせんどうえいきち》」とある。名前からすると、浮世絵版元か古物商ではないか。

「鶴仙堂永吉とは、何者でしょう」

「それは調べてみましたが、わかりませんでした」

ある程度大手の版元なら、ネット検索で出て来るだろう。無名の中小業者ということか。

「それでこの、中野屋とかいう人が持っていた絵というのが、この絵なんですか」

「はい、間違いありません。そこに書かれている中野屋嘉兵衛さんの直系の子孫の方が、ご自宅の蔵から発見され、直接譲り受けたのです。両国大川の景、というタイトルも絵に書かれている通りです」

それならば、疑う余地はあるまい。優佳は頷いた。だが、この文書の内容自体はどうなのだろう。さっと読んでみた印象では、どうも妙な感じがする。

「あの、美術館に絵を渡した、ということは、子孫の方もこれは本物と思われたわけですよね。この鶴仙堂という人、贋作だということを中野屋嘉兵衛さんには告げなかったんでしょうか」

「さあ、それは」三厨は苦笑した。

「我々には、文書に書いてあることしかわかりません。鶴仙堂という人がこの後どうしたのか、知りようはありません」

もっともだ。江戸で何があったか、ここで聞くのは愚問だった。

「失礼しました。ところでこの文書、宛名がありませんが、誰に宛てたものかはわからないんですか」

「はい、それについては我々も気になったんですが、古文書の束の中に紛れていたそうで、宛先を書いたものは付いていなかったようです」

「そうなんですか。美術館の開館前にこれが見つかって、良かったですねえ」

「ええ、開館して展示が始まってからでは、面倒な騒ぎになるところでした。それは助かりました」

「でも、見つかるならこんなタイミングでなく、もっと早ければ……。この文書に書かれているのが事実なら、三月のプレオープンまでに展示品カタログを修正しなくてはいけませんし、この絵を大々的に使った広告も変更する必要があります。徹底した真贋鑑定をするには時間が足りなくて」

足立は優佳にカタログの試作品を手渡して、本当に困ったという顔で言った。それは優佳にもわかる。宣伝を打ってから、あれは贋作でした、では、赤っ恥どころか美術館の信頼性に疑念を持たれる。

「でも、一応の鑑定はされたんでしょう」

「もちろんです。買い付けたときに鑑定評価をいただいて、本物ということに。しかし、その鑑定をいただいた先生にこんな文書が出たとお持ちしたら、非常に困惑なさいまして。自分は本物だと思うが、文書の信憑性《しんぴょう》はどうなのか、と逆に聞かれました」

それはそうだろう。一旦自分が本物と鑑定したものを、怪しい文書が出たからとひっくり返すことはあるまい。そんなことをしたら鑑定家の沽券《こけん》にかかわる。

「正直、この文書の内容が正しいのかと言われれば、難しいです。現代語訳を作ってくれた書家の先生は、江戸時代の文書には間違いないと言われましたが」

「うーん……書いてあることが、実名まで使って非常に具体的ですからねえ……本物のように思えますけど」

優佳も首を傾げるしかなかった。絵か、文書か。どちらかが真、どちらかが偽。これでは決められない。

「そんな状況で、普通の美術品鑑定では結論が出せませんで、こちらにお伺いした次第です」

「はあ……だいたいのご事情はわかりました」

そこで優佳は、宇田川がさっきから一言も発せずに優佳たちのやり取りを、ただふんぞり返って聞いているだけなのに気付いた。依頼を受けている当事者は宇田川自身だというのに、これはあまりに失礼ではないか。優佳は宇田川の脇腹を肘でどんと小突いた。宇田川はむせながら、慌てて体を起こした。

「ええとつまり、定石どおりの絵の鑑定では埒が明かないので、うちの科学鑑定で何とかならないか、ってことですね」

もうちょっとデリカシーのある言い方になんないの、と優佳は宇田川を睨んだが、当人は知らん顔だ。幸い三厨も足立も、気分を害した様子はなかった。

「はい、まさにおっしゃる通りです」

三厨は大きく頷いて肯定し、期待のこもった視線を宇田川に注いだ。

「宇田川先生、いかがでしょうか」

先生ですって？　優佳は吹き出しそうになった。が、宇田川はさも当然といった風に顎を撫《な》でている。

「難しいですね」

おいおい、そんなにあっさり言うか。優佳は顔をしかめた。あの葛飾《かつしか》北斎なんだぞ。

優佳はその名前だけで興味津々だが、宇田川は感銘を受けたように見えなかった。

「絵の画像データは一昨日メールでもらったけど、現物がなければどうしようもない」

「ごもっともです。現物はご都合のよろしいときにお持ちさせていただきます。ですが……」

「汚すな傷つけるな、取り扱いには厳重注意、と言うんでしょう」

先回りしてぴしゃりと言われ、三厨は困った顔をした。

「ええ、それはそうですが……」

宇田川は首を振った。

「ここで鑑定と言うと、紙の成分や使われた絵の具の成分を分析して、年代を推測するぐらいです。それには試料が要るから、現物から少し削《そ》ぎ取らなくちゃならない。削ぎ跡がパッと見でわからないように、細心の注意を払いますけどね。だが年代を確定しても、贋作が作られたのが同年代なら意味がない。北斎だけが使ってた絵の具とかがあれば、区別できるが」

「それは……あるかも知れませんね」

三厨が少しは希望が持てるかと目を輝かせた。だが、宇田川はまたも水を差した。

「あったとしても、その絵の具の現物サンプルがないと成分がわからないから、照合できない。同年代の北斎の他の絵からサンプルを削ぎ取らせてくれる美術館、ないですか」

「うーん……それは何とも」

「絵の具のサンプルを照合できたとして、贋作を描いた奴が同じ絵の具を絶対に使えなかった、っていう保証が要る。その辺はどうです」

「さすがにそれは……ちょっと無理かも」

三厨と足立の様子が、目に見えて消沈していった。優佳は二人が気の毒になった。

「そんなにばっさり切り捨てないでさ。もうちょっと何か考えて差し上げたら。せっかくこうして来ていただいてるのに」

見かねて口を挟んだが、優佳にも考えがあるわけではない。まあ、礼儀のようなものだ。だが言ってから優佳は、おや、と思った。一瞬、宇田川の口元に笑みが浮かんだような気がしたのだ。宇田川には非常に似つかわしくないことだから、錯覚かも知れないが。

「そうか。あんたがそう言うなら仕方がない。何かできないか、もう少し考えてみよう」

それを聞いて、三厨と足立の表情がぱっと明るくなった。一方、優佳は目を丸くした。宇田川がこんな愛想を言うなんて、珍しいと言うより予想外だ。もしや、何か企んでいるのでは……いや、ちょっと待て。そもそも私は、なぜここに呼ばれた？

「まあそういうことなんで、何か思い付いたら連絡しますよ」

三厨と足立は、感謝の笑みを浮かべて立ち上がった。

「ありがとうございます。ご無理なお願いとは思いますが、よろしくお願いします」

それから二人は、優佳にも頭を下げた。

「関口さんは江戸時代に関する専門家と伺っております。何とぞご助力のほどお願い申し上げます」

丁寧にお辞儀し、三厨と足立は応接室を出て行った。宇田川と優佳は、玄関まで見送った。

(江戸時代の専門家？　私が？)

林野ビルデベロップメントの二人が見えなくなってから、優佳は今しがたの言葉を反芻《はんすう》した。これは……良くない展開だ。背筋がすうっと寒くなったのは、気温のせいばかりではない。もしや、うまく嵌《は》められて厄介事に巻き込まれたのか。

優佳は腰に手を当て、じろりと宇田川を睨んだ。

「さてと。どういうことか、説明してもらいましょうか」

「話としては簡単だ。こいつが北斎の真筆なのかどうか、それを調べりゃいい」

応接室に戻ってソファに座り直し、優佳と対座した宇田川は、三厨たちが置いていった絵のコピーを指で叩《たた》きながら、事もなげに言い放った。

「だからそれ、簡単じゃないって、あんたがさっき言ったばかりじゃない」

優佳は少しばかり呆《あき》れて宇田川の目を見た。この分析オタク、いったい何を考えているんだろう。

「だいたい、林野ビルみたいな超優良企業と取引あったわけ？」

「いや、今回初めてだ。河野《こうの》さんの知り合いの伝手《つて》で頼まれたんだ」

河野とはラボの社長で、大学の研究室で燻《くすぶ》っていた宇田川を見出した人物である。確かに河野の立場であれば、林野ビルとコネクションが作れるなら、少々の無理は聞くだろう。

「それで、これからどうするつもりよ。まさか私に手伝えって言うの」

「ああ。そのために呼んだんだから」

やれやれ、やっぱりか。優佳は盛大に溜息をついた。

「それでどうしろと？　江戸の絵の具のサンプルを集めてくればいいわけ？」

「いいや。絵の具の照合よりもっとシンプルな方法がある」

「何よ、シンプルな方法って」

「本人に聞くんだよ」

「本人？　本人って誰？」

きょとんとする優佳に向かって、宇田川は小馬鹿にしたように鼻を鳴らした。

「決まってるだろ。北斎本人さ」

さも当たり前のように言う宇田川に、優佳は啞然《あぜん》とした。

「ちょ……ちょっと待って。私に江戸の北斎のところへ行って、あなたこの絵を描きましたか、って聞けって言うの？　何なの、それ」

「方法としちゃ、一番単純かつ確実だ」

「いやいや、そういう問題じゃないでしょ」

優佳は首をぶんぶん左右に振った。

「百歩譲って北斎に会えたとして、この事態をどう説明すりゃいいのよ」

「それは任せる」

そんな殺生な。思い切りきつい目をして睨みつけたが、宇田川は平然としている。神経が太いと言うより、鈍感なのだ。だが、優佳のメッセージはちょっと違う意味で伝わったようだ。

「心配するな。タダとは言わん」

「あのねえ。そういうことじゃなくて……」

「林野ビルからは百万でこの仕事を受けた。あんたに半分渡す」

「だからそういう……」言いかけて優佳は言葉を呑《の》み込んだ。

「え……と、五十万くれるわけ？」

「ああ」宇田川はすぐに頷いた。

五十万円。それを聞いた優佳の意識は、自分の銀行口座に飛んだ。二年近く前に勤めていた不動産会社を辞めた優佳は、現在無職だ。今日まで貯金で暮らしており、その残高は限りなくゼロに近付いている。師走《しわす》に入ったばかりだが、このままでは正月を迎えられない状態だった。別居している親に無心することはできるが、就職と婚活について四の五の言われるのは目に見えている。できればそれは避けたい。宇田川の言う五十万は、抗《あらが》い難い魅力を発して優佳の前にぶら下がった。

「うーん……仕方ない。乗った」

「よし、それじゃ頼む」

さも当然のように宇田川は言った。うむむ、癪《しゃく》に障ることこの上ない。しかし、背に腹は代えられない。


一時間後、優佳は例の絵と文書のコピーを持って、馬喰町にほど近い二階建ての古い家に帰った。亡くなった祖母から受け継いだ家だ。いつ建てられたのか定かではないが、戦時中の空襲にも、バブル期の地上げにも屈せずに生き残り、今日に至っている。今住んでいるのは優佳一人だ。

二階の自分の部屋に入って、クッションにどすんと腰を下ろした。

(あーあ、何てこと引き受けちゃったんだろ)

ぼやいてみたが、優佳の財布には宇田川から前金として受け取った十万円が入っていた。もう今さら断れない。それに、実は優佳も北斎に会えるのなら会ってみたい、と心の底では思っているのだった。

(ま、こうなったらとりあえず動いてみるしかないな)

三十分ほどよくよく考えてから、優佳は立ち上がり、階下へ下りた。納戸の扉を開け、中へ入り込む。その奥の板壁に手を当て、ストッパーの細工を外して横にスライドさせた。

板壁の向こうに階段が現れた。それは、ずっと下に向かっている。その先は地下室かと言うと、そうではない。この通路こそが、この家の最大の値打ちであり、祖母からもらった途方もない秘密であった。

優佳は階段を下りて行った。その先には一つの小部屋があり、さらに先はもう一軒の家に通じている。二百年前の江戸に存在する、ちょっと洒落《しゃれ》た仕舞屋に。そしてこの階段を下り切ると、優佳は変わる。江戸で十手を預かる小粋な別嬪の、おゆう姐さんに。

二

日本橋新右衛門町は、おゆうの家から歩くと小半刻ほど、日本橋を渡って三町ばかり大通りを進んでから左へ入ったところになる。現在は髙島屋《たかしまや》百貨店が建っている辺りだ。中野屋の看板は、通りを曲がった途端に見つかった。商売は骨董屋《こっとう》らしい。

おゆうは店の表に立って、暖簾《のれん》越しに中を垣間《かいま》見た。間口は五、六間ほど。板敷きに壺《つぼ》や鉢、碗《わん》など陶磁器類が箱と共に並べられ、奥の壁には軸が数本かかっている。帳場に座る番頭と丁稚《でっち》が一人、店番をしていた。骨董屋としてはまずまずの店構えだ。

(ここで間違いない……よね)

おゆうはもう一度看板を確かめながら、入るのをためらっていた。新右衛門町に同じ名前の店が他にもあるとは思えないから、例の文書に記された中野屋はここに違いない。家にじっと座って考えてばかりでもしょうがないので、まずは問題の絵の実物をこの目で確認しよう、と思って来てみたのだが、さて何と言ったものか。まさかいきなり「お宅の絵は偽物かも知れませんので調べさせてください」と直球を投げ込むわけにもいくまい。

「あの、何かご用でしょうか」

丁稚がおゆうに気付き、声をかけてきた。番頭もそれを聞いて顔を上げ、「どうぞお入りくださいませ」と言いながら笑みを浮かべた。それで決心がついて、おゆうは暖簾をくぐった。番頭は愛想笑いをおゆうに向けたが、帯に差してある十手を目に留め、ちょっと眉を上げた。

「あ、これは……。何か御用の筋で？」

「いえいえ、そういうわけでもないんですけど」

おゆうは手を振って番頭の警戒を解くと、「嘉兵衛さんはいらっしゃいますか」と問うた。

「主人でございますか。はい、居《お》りますが、ええと……」

「ああ、ご無礼しました。東馬喰町のおゆうと申します」

「おゆうさんで。少々お待ち下さい」

番頭は奥へ引っ込み、おゆうは上がり框《がまち》に腰を下ろした。骨董を買いに来たわけではないらしいと悟った丁稚は、どう対応したものか迷っているようで、隅に控えてもじもじしている。その一方、おゆうの十手に好奇の目を注いでいた。女の十手持ちを見るのは初めてなのだろう。おゆうは丁稚に、にっこりと微笑《ほほえ》みかけた。丁稚はそれで安心したらしく、笑みを返してお辞儀した。

そこへ足音がしたので振り向くと、四十過ぎと見える小太り丸顔の男が奥から出て来た。これが主人らしい。男はおゆうの傍らに膝をついて座ると、軽く一礼した。

「中野屋嘉兵衛でございます。手前に何かご用でしょうか」

中野屋の顔には、幾分訝《いくぶんいぶか》しげな表情が浮かんでいた。初対面の女が自分を呼び出してどんな用向きなのか、想像がつかないのだろう。おゆうは丁稚に向けたのと同様の微笑みを浮かべ、愛想よく言った。

「お初にお目にかかります。おゆうと申します。突然お伺いいたしまして、相済みません」

中野屋は、はあ、いいえと応じた。丁稚とは違って、魅力的な微笑ぐらいでは訝しげな表情は消えていない。おゆうは腹を括《くく》って先を続けた。

「つかぬことをお尋ねしますが、こちらでは先頃、北斎先生の絵をお求めになりましたか」

「は？　絵でございますか」

中野屋にとっては、予想外の問いだったようだ。鳩《はと》が豆鉄砲、という顔をした。

「北斎先生の絵なら、確かに一幅、ございますが」

「大川の風景を描いたものでございますね？」

「はい、さようで」

おゆうは頷いた。どうやら件《くだん》の絵は文書の通り、確かにここにあるようだ。

「その絵が何か……」

さて、ここからだ。おゆうはたった今思い付いた話を語りだした。

「はい、藪《やぶ》から棒でご不審に思われるのももっともですが、実は私、さる方のご依頼で北斎先生の絵を捜しております。そのお方の御家で数年前に少々騒動がございまして、その際に何点かの絵や書が紛失いたしました。騒動が落ち着いたので紛失したものを捜し出し、取り戻そうという話になりましたが、幾つかは転売されたり盗み同然に持ち去られたりで、所在がすぐにはわかりません。それで、私を始め何人かでそれらを見つけ出そうとしております次第で……」

「え、それでは手前の買った絵がそのお方の家から出たものかも知れぬ、とおっしゃいますので」

中野屋は驚きを見せて言った。いや、驚きと言うより困惑のようだ。

「手前の絵は一昨年、ちゃんとした商いをなさる方を通じて買いましたもので、出自もはっきりしておりますが」

「出自は遡《さかのぼ》って全てご存知でいらっしゃいますか」

「え、それは……」

中野屋はさらに困惑した様子だ。念を押されて自信がなくなったらしい。

「そもそも、いったいどのような騒動が起きましたので」

その質問におゆうは、きっ、と表情を厳しくして答えた。

「それはそのお方の御名に関わることゆえ、申し上げられません」

きっぱり言うと、中野屋はたじろいだ。面倒事の気配を感じ取ったのだろう。おゆうにとっては幸いなことに、中野屋は小心者のようだ。

「まあ、さほどご心配なさらずとも。捜しております絵の図柄などは承知しております。それでこのように、それらしい絵の噂を聞きますたび、確かめるため拝見させていただいている次第です。一見すればわかるはずですので、こちら様の絵も一度お見せいただければ幸いでございます」

おゆうは深々と頭を下げたが、自分の台詞《せりふ》に吹き出しそうになった。よくもまあ、こんな嘘《うそ》八百がすらすらと口をついて出てくるものだ。私って、結構悪い女なのかしらん。

「さようでございますか。一目見てわかる、とおっしゃるなら、ご覧いただいた方がよろしいでしょう。こちらへどうぞ」

一見するだけでいい、との言葉で中野屋は承知する気になったようだ。立ち上がり、おゆうを奥の方へ案内した。おゆうは中野屋について廊下を進み、奥座敷へと通った。

八畳敷の奥座敷には床の間があり、絵は掛け軸に仕立てられ、そこに飾られてあった。おゆうは中野屋がこれですと手で示すのに頷き、拝見しますと言って床の間の前に座った。

絵そのものは、A2サイズとA1サイズの中間ぐらいだろうか。両国橋から見た大川と、両岸の建物、遠景の山。三厨から預かったコピーの絵と全く同じに見える。おゆうは近寄って、サインを確認した。「北斎改戴斗筆《あらためたいと》」間違いない。東京青山美術館所蔵の絵だ。おゆうはこのサインの話をしたときのことを思い出した。

「あ、引き受ける前にちょっと待った。そもそもこの絵、私が居る江戸にちゃんとあるの？　北斎って結構長生きだったんでしょ。私の居る江戸ではまだ描かれてないってこと、ないの」

優佳は宇田川に向かって首を傾げた。北斎の活動期間は数十年あるはずだ。優佳は確かに江戸と行き来できるが、優佳の居る現在とおゆうとして暮らす江戸との間の時間差は、一定である。タイムマシンと違って、好きな時代、好きな日付に移動できるわけではない。この絵と文書が、おゆうの居るその時期の江戸に存在してくれないことには、意味がないのである。宇田川はそういう肝心なことをわかっているのか。

「当然だ。そのぐらいはチェックしてある」

優佳の心配をよそに、宇田川は平然としていた。

「チェックって、どうやって」

「これを見ろ」

宇田川は、絵のコピーの左隅に書かれた文字を指差した。

「これ？　これって北斎のサインじゃないの」

そう言いながら覗《のぞ》き込み、優佳は、あれ、と思った。江戸の文字をずっと見てきたから、最近は少々の古文書は読めるようになっている。そこに書かれている号は、単に「北斎」ではなく「北斎改戴斗」となっていた。

「何この戴斗って。改ってことは、改名したわけ？」

「ああ。調べたんだが、北斎は三十回くらい号を変えてる。北斎って号が当時も一番有名だったんで、わかりやすくするために北斎改戴斗とか、北斎改為一《いいつ》とか書き込んでるらしい」

「そう書くくらいなら、わざわざ改号しなくても北斎のままにしときゃいいのに」

「俺に言われても知らん」

宇田川は肩を竦《すく》めた。まあ、それはそうだ。

「で、このサインがどうしたってのよ」

「戴斗ってのはな、文化《ぶんか》七年から文政《ぶんせい》二年までの十年間、使われてた号だ」

「あ……そういうこと」

ならばこの絵は、優佳がおゆうとして暮らす時代から遡ること十二年以内に描かれたということになる。つまり、おゆうの時代にこの絵は確かに存在しているのだ。

「でも文書は、何年に書かれたかわかんないよね」

「そんなことはない」

宇田川は、現代語訳ではなく原文のコピーの方を取り上げた。

「最後を見ろ。辛巳長月吉日《かのとみながつき》、と書かれてるだろ」

えっと思ってコピーをひったくった。宇田川の言う通りだった。現代語訳の方に気を取られて、こっちはよく見ていなかった。江戸に暮らす者としては、解説してもらう必要はない。辛巳は十干と十二支を組み合わせた六十干支《ろくじっかんし》、つまり干支《えと》の一つである。年を表す場合は六十年周期となり、北斎の時代であれば辛巳の年は文政四年、まさにおゆうが暮らす年だ。

「全部チェック済み、ってことね」

優佳は半ば呆れ、半ば感心しながらコピーを宇田川に返した。

「そうでなきゃこんな依頼、いくら河野さんの紹介でも受けるもんか」

それを聞いて優佳は、眉を上げた。全部調べてから受けた？　てことは……。

「それじゃあんた、初めから私を引き込む前提で依頼を受けたってこと？」

「無論だ」

優佳は開いた口が塞がらなかった。

「それでその、如何《いかが》でございましょう。お捜しの絵とは……」

おゆうが黙っているので不安になったか、中野屋がおずおずと聞いてきた。我に返ったおゆうは、振り向いて頭を下げた。

「はい、これでわかりました。いくらか似てはおりますが、私共が捜している絵ではございません」

「そうですか。いや、ご納得いただけまして何よりです」

中野屋は見てわかるほどほっとして、肩の力を抜いた。

「念のためお伺いいたしますが、この絵はどちらからお買い求めに」

「はい、山下町《やましたちょう》の鶴仙堂さんからです。その前は大川端の武乃屋さんという方がお持ちだったそうですが、お店が傾いて手放されたとか」

「さようでございますか。よくわかりました」

やはり、鶴仙堂が扱ったことも間違いないようだ。

「大変お邪魔をいたしました。急な頼みをお聞き入れくださいまして、誠にありがとうございました」

おゆうは畳に手をつき、深々と礼をした。とにかく、これでこちらの目的は達した。

「ご苦労様でございました。お捜しの絵が一日も早く見つかりますよう、お祈り申し上げます。そのような絵の噂がもし手前の耳に入りましたら、すぐお知らせいたしましょう」

安心して余裕ができたのか、中野屋はそんなことを言った。おゆうはもう一度丁寧に礼を述べてから、中野屋を辞した。

（さて、と。次はどうしようか。鶴仙堂ってのがどんな奴か、それを調べるか。いや、やっぱり北斎大先生の方が先かな……）

新右衛門町を出て日本橋通りを北へ向かいながら、おゆうは考えた。鶴仙堂の方は、いつでも調べられる。だが鶴仙堂が書いたというあの文書は、どうも胡散臭《うさんくさ》い気がした。何がどういう風に変だ、とはっきり言えるわけではないが、そんな印象が拭えない。

（そうだよね。あの絵が真筆か贋作か、それをはっきりさせるのが先決だわ）

真筆なら、なぜあんな文書を書いたのか。贋作なら、それをどうやって知ったのか。どちらであっても鶴仙堂を追及する必要がある。それに、誰に宛てて文書を書いたのかも。

「北斎か……」

葛飾北斎という人物について書かれた資料は、平成の世に山ほどある。江戸時代としては記録的な長寿で、九十歳まで生きたこと。九十三回も引っ越しをしたこと。弟子や孫弟子が二百人も居たこと、金には無頓着で、画料をいくら稼いでも貯《た》まらなかったこと、などなど。資料を読む限りは、相当な変人だ。

しかし変人ではあるが、普通の町人だし、プライドは高いにしても不快なほど高慢ということはなさそうだ。おゆうが紹介なしにいきなり訪問しても、特に不都合はないのではないか。

（ま、理屈はそうなんだけど。何て言うか、現代ではあまりにも大物扱いになってるから、必要以上に敷居が高く感じられちゃうのかな）

北斎はアメリカの『ライフ』誌で、この一〇〇〇年で最も重要な人物一〇〇人の中に、日本人として唯一選ばれている。その一〇〇人のラインナップを見れば、敷居が高く感じられるのもわかるだろう。ナポレオンやリンカーンや毛沢東《もうたくとう》のところへ、「えー、初めまして。ちょっとものをお尋ねしますが」などと言いながら入って行けるか。

（ああもう、構えすぎだな、私ったら）

北斎は皇帝でも大統領でも、国家主席でもないのだ。訪ねて行って、何が悪い。

（よし、明日にでも行ってみよう）

おゆうはそう決めて一人で頷いた。そこへ急に風が吹き込み、おゆうはぶるっと身を震わせた。通りを行く人も、皆一斉に着物の前を合わせ、背を丸めた。

「ううっ、寒《さむ》」

思わず声に出した。暦《こよみ》は霜月、十一月だが、現代のカレンダーでは十二月に入るところだ。季節はもう本格的に冬なのである。

（日も暮れてきたし、「さかゑ」に寄ってあったかいもので夕飯にしよう）

「さかゑ」は、おゆうの親しい近所の岡っ引き仲間、源七《げんしち》の女房のお栄《えい》が切り盛りする居酒屋である。寒風に追われるように、おゆうは足を速めた。

(あれっ)

そこでおゆうは、ふいにある肝心なことに気付いて足を止めた。

(北斎先生って、今はいったいどこに住んでるんだろ)


「あら、おゆうさん、いらっしゃい!」

居酒屋「さかゑ」の暖簾をくぐったおゆうは、お栄の威勢のいい声に迎えられた。

「今晩はぁ。ちょっと冷えますすねえ」

「そうだねえ。今日は湯豆腐がいいよ。熱燗《あつかん》、つけようか」

「ええ、お願いします」

見回すと、店の中は結構混んでいた。寒い夜は小鍋に熱燗、考えることは皆同じだ。

「よぉ。まあ、こっちへ来なよ」

卓の一つに居る、いかつい顔の中年男が手招いた。お栄の亭主、源七である。

「悪いねえ。ちょっと混んでるんで、こんなので悪いけどうちの宿六《やどろく》の相手でもしてやってよ」

お栄は眉を下げて、顎で自分の亭主を示した。

「亭主をつかまえて、こんなのたぁ何だ。お多福め。後の酒はまだか」

「はいはい、おゆうさんと差し向かいで飲めるんなら上等だろ。客でもないのに偉そうにふんぞり返ってんじゃないよ。ほらおゆうさん、そこへ座って。すぐお酒出すから」

お多福などと言われたが、お栄はちょっと太目ながらなかなかいい女で、歳は二十九。二枚目とは言い難い源七には勿体《もったい》ないくらいだ。

「源七親分、今日はもうお仕事終わりですか」

「ああ、今日は上がりだ。有難《ありがて》ぇことに、この二、三日は暇だな」

「岡っ引きが暇だってことは、江戸の皆さんには結構な話ですよね」

「まったくだ。この秋は目が回りそうだったからなあ」

今年の秋は御落胤《ごらくいん》絡みの殺しだの、大泥棒と千両富くじの一件だのと、大事件が相次いだおかげで、ただでさえ町内の用事が多い岡っ引きたちは、てんてこ舞いだった。それらの事件の解決にはおゆうもひと役、というより主役を張ったので、肩凝りがほぐれたような源七の気分もよくわかる。

「ほれ、駆け付け三杯といくか」

お栄が新しい徳利と盃《さかずき》を持って来たので、源七はおゆうに一杯注《つ》いだ。

「こんなうすら寒い日にゃ、鵜飼《うかい》の旦那と差しつ差されつ、って行きてえとこじゃねえのかい。旦那はどうしてるんだ」

源七が水を向けたので、おゆうはちょっと赤くなった。鵜飼の旦那とは、南町奉行《みなみまちぶぎょう》所定廻《しょじょうまわ》り同心の鵜飼伝三郎《でんざぶろう》のことで、何度も捕り物を手伝ううち、すっかりいい仲になった相手である。おゆうに十手を渡したのも伝三郎で、今では町の人々だけでなく奉行所の面々までも、おゆうは伝三郎の女だと承知していた。

「今日は奉行所の方々と飲んでるんじゃないですかね」

「ああ、そう言や、先月まで捕り物が忙しかった分、書き物の仕事が溜《た》まってるとか言ってたなあ」

役所は何かと書類が多い。現場仕事が忙しいと書類仕事が溜まって、後からその処理に追われるというのは、江戸も現代も同じだ。そんなもの適当に切り上げて、私の家で寛いでくれればいいのにとおゆうは思っているが、実際にはなかなかそうもいかない。

「で、あんたは何か捕り物仕事、抱えてんのかい」

「うーん、捕り物ってんじゃないんですけど」

おゆうは源七の顔を見ながら考えた。源七は仕事のできる岡っ引きで、顔も広い。北斎の住まいは浮世絵の版元にでも聞こうと思ったが、もし源七が知っているなら手っ取り早い。

「源七親分は、絵師の北斎さんをご存知ですか」

「北斎？　ああ、浮世絵の。あの旦那がどうかしたかい」

「どこに住んでるか知ってます？」

「北斎のヤサ？　いや、知らねえなあ。本所《ほんじょ》の方だってのは聞いたことあるが」

やっぱりそう簡単にはいかないか。

「え、北斎？　北斎さんがどうしたのさ」

卓の傍らに置かれた暖房兼用の七輪に湯豆腐の鍋を置こうとして、お栄が口を挟んだ。

「いえ、ちょっと用事があってお訪ねしようと思ったんですけど」

「北斎さんの家なら、本所長岡町《ながおかちょう》だよ。確かこの秋頃から」

「えっ、お栄さん、北斎さんを知ってるんですか」

「えっ、何でお前、知ってるんだ」

おゆうと源七は、同時に声を上げた。近くの客が、驚いて振り向いた。

「何でって、同じ長屋に住んでたことあるからさ。もう二十何年前、あたしが小っちゃい頃だよ」

お栄は深川《ふかがわ》の瓦《かわら》職人の娘で、十九で源七と一緒になるまでそっちに住んでいた。さんざん引っ越しを重ねた北斎だが、宇田川の依頼を受けてから大急ぎでネット検索した結果によれば、本所深川エリアの外には住まなかったようだ。ならばどこかでお栄と接点があっても、そう不思議ではない。

「そんな話、聞いたことねえぞ」

「何言ってんだい、お前さん。昔、あたしと同じ阿栄《おえい》って名の同じ年頃の子が居て、一緒に遊んでたって、話したことあるだろ。長屋の大人に、同じ名で一緒に居るとややこしくってしょうがない、ってよく笑われてさぁ」

「はあ？」

いきなり違う話が出て、源七は一瞬ぽかんとした。

「聞いた気もするが、それがどうしたってんだよ」

「その阿栄ちゃんが、北斎さんの娘なんだよ」

「あっ、そうなのか」

源七が額を叩き、お栄はふんと鼻で嗤《わら》った。

「まったく、自分に関わりないと思ったら、あたしの話なんかさっぱり聞いてないんだから」

「北斎さんの娘さんと、お友達だったんですか」

おゆうが身を乗り出すと、お栄はにこやかに頷いた。

「一度嫁に行ったけど出戻って、北斎さんのところで自分も絵師をしてるよ。まあ、今じゃごくたまにしか会ってないけどねえ。三月前に両国橋でぱったり出会ったとき、長岡町に越したって言ってたんだ」

おゆうは心の中で手を叩いた。お栄の名を出せば、ずっと訪ねて行きやすくなる。

「同じ長屋に居たのはほんのちょっとの間だったけど、名前がおんなじってことで、お互いにずっと覚えててさ。そうでなきゃ、とっくに忘れてたかも」

確かに同名なら印象は深い。これはおゆうにとって、またとない幸運だった。

「そりゃとっても有難いです。明日にも行ってみますよ」

「ああ、阿栄ちゃんに会ったらよろしく言っといて。たまにはうちに飲みに来て、ってね」

そう言うとお栄は、次の料理を取りに調理場へ戻った。

「何でぇ、そんならガキんときに北斎から絵の一枚でももらっときゃ、値打ちがあったのによぉ」

源七はそんなことをぶつぶつ言いながら、手酌で盃を重ねている。もうすっかりほろ酔い機嫌だ。おかげで、北斎に何の用事だい、などと聞いてこないのが有難い。笑って湯豆腐に舌鼓を打ちながら、子供に浮世絵なんて猫に小判もいいとこですよ、などと相手をしていると、お栄が蒟蒻《こんにゃく》の田楽が載った皿を、すっと卓の上に置いた。

一口に本所界隈と言っても結構広く、墨田《すみだ》区の南半分がごっそり入るくらいの感覚だ。長岡町は両国橋から東へ半里ばかり。おゆうの家からは小半刻余りで着いた。ただし、長岡町のどこかまでは、お栄も知らなかった。だが、それについては心配していない。北斎ぐらいの有名人なら、近所まで行けば知っている人が大勢居るはずだった。

思った通り、二人目に聞いた煮売り屋が、北斎の住まいを知っていた。その店からときどき惣菜《そうざい》を買っているそうだ。おゆうは礼を言って、煮売り屋が示した長屋へと入って行った。

おゆうを見て、誰だろうと詮索するような目を向けてきたおかみさんに、北斎の家を尋ねた。一番奥の家だと言う。

「ちょうど今は居ますよ」

奥を指差しながらおかみさんは言い、それからニヤッと笑った。

「ゴミだらけで小汚いから、びっくりしないようにね。ずいぶんすごい絵師さんらしいけど、あたしにゃよくわかんないよ。まあ、変わり者の爺《じい》さんだね」

そうは言うものの、表情と口調からすると、嫌っているわけではないらしい。おゆうは、どうも、と軽く頭を下げ、奥へ向かった。

ちょうどそのとき、奥の家の戸ががらっと開いて、女が一人出て来た。年の頃は、たぶんお栄と同じくらいだろう。その女は、近寄って来るおゆうに気が付き、怪訝《けげん》そうな顔を向けた。

「はい？　何かご用？」

「あの、すいません、阿栄さんでしょうか」

女は、心当たりのない相手から名を呼ばれたことで、さらに不審げな表情になった。

「そうだけど？」

これが阿栄か。おゆうはしげしげと阿栄の顔を見た。葛飾北斎の三女。またの名を葛飾応為《おうい》。美人画を得意とする絵師で、その分野では北斎より上手いとも言われる。この後は、最後まで北斎と共に暮らしていくはずだ。容貌は、資料を読むと顎が張っていて不美人、とされているものが多いが、いざ向かい合ってみると、そうでもない。確かに顎は張っているものの、目鼻立ちがはっきりしているので、現代の技術でメイクすれば結構映えるかも知れない。うまくコーディネイトして表参道を歩かせたりすると、かなりイケそうだ。

「何をじろじろ見てるんだい」

阿栄がむっとしたように言ったので、おゆうは慌てて「すみません」と謝った。

「実はその、私は東馬喰町のおゆうと申しまして、馬喰町の源七親分のおかみさんのお栄さんと、親しくしてるんですが」

「あ、瓦屋の栄ちゃんか。あんた、栄ちゃんの知り合いかい」

お栄と聞いて、阿栄の警戒は一気に緩んだようだ。やはりお栄の名を出せて良かった。


「栄ちゃん、変わりない？」

「ええ、いつも通り元気です。昨夜も一緒に夕飯を」

「そうかい。で、あたしに何か？　それとも親父どのの方？」

「ええ、北斎先生の方にちょっと」

「ああ、そう。絵ならちょっと暇がかかるよ。ここのところ、立て込んでるから」

「いえ、絵の注文じゃないんです。ちょいとお伺いしたいことがあって」

「ふうん」阿栄はほんの少し首を傾げた。

「何だか知らないけど、まあいいや。入んなよ」

阿栄はくるりと背を向けて、家の中に呼ばわった。

「おーい、親父どの。お客だよぉ」

おゆうは阿栄に続いて三和土《たたき》に足を踏み入れた。

二間に台所、という、長屋としては上等の部類に入るところだ。だが部屋の中には紙くずや飯を包んだらしい竹の皮などが散乱し、お世辞にも綺麗《きれい》とは言えない。襖は開いていて、奥の四畳半の炬燵《こたつ》に入ってうずくまり、筆を持っている男のシルエットが見えた。

「あァ？」

面倒臭そうな声が聞こえ、影がわずかに動いてこっちを向いた。

「東馬喰町のおゆうと申します。ほくさ……」

言いかけておゆうは、今北斎が使っている雅号は「為一」なのを思い出した。

「ええと、為一先生にお伺いしたいことがありまして」

それを聞いて、うずくまっていた影が炬燵からのっそりと立ち上がり、表に出て来た。

「北斎、でいいよ」

北斎はそう言いながら、畳にどすんと座っておゆうたちの前に胡坐《あぐら》をかいた。阿栄もその横に座った。

「号を変えても、大概の人は昔通り親父どののこと北斎、って呼ぶんだ。その方が通りがいいのさ。別にそれで構わないよ。いいつ、なんてそもそも呼びにくいだろ」

なるほど。だから絵のサインも「北斎改〇〇」となっているわけか。

「で、何を聞きてえんだ」

やはり面倒臭そうに北斎は言った。

「はい、それなんですが……」

言いかけて、まあ座れと言われたおゆうは、上がり框に腰を下ろし、同じ高さの目線になって相手を見た。世界の葛飾北斎。後年、ヨーロッパ印象派絵画の巨匠たちが、師と仰ぐほどの超大物だ。だが今目の前に居るのは、擦《す》り切れ汚れた着物を着た、貧相な爺さんだった。歳は確か六十を超えたところで、白髪は薄くなり、頬と顎には無精ひげが浮いている。実際のところ、その辺は資料の通りなのだが、ショボい見てくれのおかげで、史上最高の画人と対話しているのだと言う実感が、まるで湧いてこなかった。

「実はその、北斎先生の贋絵が出回っているという噂がありまして……」

おゆうは慎重に話を始めた。鶴仙堂の名がある文書については、どうやって手に入れたか説明できないので、まだ触れるわけにはいかない。とりあえず贋作の話を出して、北斎の反応を見ることにしたのだ。

「贋絵?」

北斎はまったく驚かなかった。阿栄も、ああ、それね、とでも言うように肩を竦《すく》めた。

「またそんなのが出たのね」

「また……って、よくあるんですか」

「ああ。ここ何年かで結構出てたよ」

天気の話でもするような調子で阿栄が言った。おゆうはその反応に力が抜けた。

「あのう、そんなの放っておいてよろしいんですか」

「あるんだよ、ちょっと売れ出すとそういうことが。間違いのないところじゃ、直《じか》に注文してもらうか真っ当な版元から買ってもらうしかないねえ」

阿栄は他人事のようにすっぱりと言った。

「で、誰から聞いたの、その噂」

それは聞かれると思って、答えは用意してある。

「ええ、さる大店《おおだな》の御主人に。何でも懇意にしてる知り合いが買ったものがどうも変だ、と言うんで、落款をよく調べたら偽物じゃないか、ってことになったそうです。それで、こんなものを流したのは誰の仕業か調べてくれって」

「誰だい、その大店てぇのは」

北斎がそう聞いてきた。だが、声の調子からはさほど興味がありそうに思えない。

「すみません、それはちょっとご勘弁を」

「ふん、そうかい」

別に気を悪くした様子もなく、北斎は簡単に引いた。

「何なら、その絵が本物かどうかあたしが見てやろうか」

阿栄がそんなことを言い出し、おゆうは慌てて手を振った。

「いえいえ、そんなお気遣いなく。先様も、話を表沙汰にはしたくないそうですから」

「ああ。偽物を摑《つか》まされるってのは、あんまり格好のいいもんじゃないからねえ」

阿栄は素直に納得したようだ。阿栄の言う通り、本当に偽物を摑まされたら、商売によっては店の信用問題になるだろう。

「岡っ引きの女房の栄ちゃんの友達で、調べを頼まれたってことは、あんたも目明しか何か？」

阿栄が探るような目を向けてきた。あまり警戒されたくないなと思って十手は置いて来たのだが、仕方ない。おゆうは頷いた。

「はい、まあ、そんなようなことを」

「十手が見えないけど」

「今日は御上の御用じゃありませんから」

「ふうん」

阿栄は改めておゆうを上から下まで見つめた。おゆうはちょっと落ち着かなくなった。

「で、何を聞きたいの。贋絵を描いた奴の心当たりとか」

「ええ、そうなんです」

阿栄は溜息をついて頭を掻《か》いた。北斎は、ただぼんやりと聞き流しているように見える。

「そいつは簡単じゃないね。それなりに絵心のある奴が親父どのの画風に合わせて描いて、上手く落款を真似できたら、ずぶの素人の目は騙《だま》せるだろうねえ。見る目のある奴はそうそう騙せないけど、近頃は金ができたらわかりもしないのに風流を気取って、絵やら書やら買いたがる連中が多いから」

バブル期の成金みたいだな、と思っておゆうはクスリと笑った。今さらながらだが、時代が変わっても人のやることはやはり同じだ。

「それじゃあ、意外といろんなところに偽物があったりするんですか」

「別に調べたわけじゃないけど、あるんじゃないの」

有名税と割り切っているのか、北斎も阿栄も深刻に捉えている気配がまるでない。

おゆうはふと思い出した風を装って質問を変えた。

「あ、そう言えばその大店の方、新右衛門町の中野屋さんの絵と見比べて、変だと思ったようなんです。まさか、中野屋さんの絵の方が偽物なんてことは……」

「新右衛門町の中野屋？　ああ」

阿栄はその名を聞いて頷いた。北斎も、目が動いたところを見ると中野屋を知っているらしい。これは助かった。

「ありゃあ、本物だよ」

北斎は一言ぼそりと、だがはっきりと言った。何とまあ、とおゆうは内心で驚嘆した。林野ビルの三厨たちをさんざん悩ませていた問題が、たった今、一瞬にして解決してしまったのだ。宇田川の思惑通りだった。いや、待てよ。慌てるな。これだけでいいのか？

「大川の絵だろ。親父どのが三年ほど前に、大川端の武乃屋って料理屋に頼まれて描いた奴だ。ところが、一年も経《た》たないうちに潰れちまってね。それを買いとったのが中野屋だ」

これは中野屋の証言通りだ。もう一つ肝心な部分はどうだろう。

「中野屋さんは鶴仙堂という人の仲立ちで買ったとお聞きしています。鶴仙堂さんをご存知でしょうか」

「鶴仙堂？　ああ、山下町の」

阿栄は、それがどうしたという顔になった。

「名前は知ってるけど、付き合いはないねえ。あたしらから直に絵を買ったこともないよ」

「そうですか……」

おゆうは頭の中で文書の疑問点を反芻して並べた。文書には武乃屋から中野屋に渡る前に絵がすり替えられたとあったが、鶴仙堂はいつどうやってすり替えに気付いたのか。そして、鶴仙堂はすり替えられたという本物を、どこで見つけて来たのか。北斎本人に確認したわけではないのに、誰が真贋を判定したのか。そもそも、あの文書に書かれていたことは、本当のことなのか。その辺りを全て突き止めなければ、解決にはならない。

（これはやはり、鶴仙堂が鍵ってことか）

鶴仙堂を摑まえて、問い質してみる必要がありそうだ。だが、どう話をするか、よく考えないと……。

「で、聞きたかったのはそれだけ？」

阿栄に聞かれ、考え込んでいたおゆうは、はっと我に返った。

「あ、はい、とりあえずは。いきなりお訪ねしてご面倒を……」

言い終わらないうちに北斎は、唸《うな》るような声を出してゆらりと立ち上がり、緩慢な動きで奥へ戻ってまた炬燵に入った。おゆうはその背中に、すみませんでしたと声をかけたが、何だか不思議な気がした。ちょっと生気がなさすぎる。体調が悪いのだろうか。

「じゃ、表まで送るよ」

阿栄はさっと立ち上がり、草鞋《わらじ》をつっかけた。いえそんな、と遠慮するおゆうを、いいから、と押し出し、二人は連れ立って長屋を出た。

「あの……北斎さんは、いつもあんな感じなんですか」

控え目に聞いてみた。阿栄は軽く肩を竦めた。

「ま、確かにいつも口数が少なくてそっけないんだけど、あれほどじゃないよ」

阿栄はそう言ってから、ふっと顔を曇らせた。

「実はさ、別居してるおっ母さんのところに居た末の妹が死んで、御弔《おとむら》いをしたとこ。それでちょっと落ち込んじゃっててね」

あ、とおゆうは口を押さえた。そう言えば資料にそんな記述があったような。ずいぶんまずいタイミングで訪問したらしい。

「ごめんなさい。全然知らなくて。お悔やみも申し上げずに」

慌てて詫《わ》びると、阿栄は気にしないでと手を振った。

「いいの。あんたにゃ関わりないことだし。あ、栄ちゃんにも黙っといて。余計な気を遣わせても悪いから」

「わかりました。ほんとに、申し訳ありません」

「だから、いいんだって」

阿栄が言ったところで、南割下水《みなみわりげすい》に沿った道に出た。おゆうは、じゃあこれで、と一礼して立ち去ろうとした。が、阿栄はそれを止めた。

「ちょっと。あんた、ほんとのとこは何を探ってんの」

「えっ」

おゆうは驚いて阿栄を見た。阿栄はおゆうの目を覗き込むようにして続けた。

「全部話したわけじゃないでしょ。ほんとに贋絵のことなの」

表まで送る、と言ったのは親切心からではなかったようだ。阿栄を甘く見ていた。

この女、なかなか鋭い。

「ええ、贋絵の話だと言うのは本当です。ただ、その……」

口籠ると、阿栄は探るような目でおゆうの顔を覗き込んできた。さて、どこまで話したものか。

「中野屋さんの絵を疑ってるってわけ？　何かあるの？」

ああ、やっぱり見透かされている。ならばできるだけ事実に近い話をするしかない。

「ええ、実は、中野屋さんの絵が偽物だっていう話が聞こえてきまして。話の出元はちょっと言えないんですが」

「どこかの大店が、って話は嘘だってことか」

阿栄は、やれやれ、という仕草で首を振った。

「ごめんなさい。正直、中野屋さんの絵が偽物とは思えなかったんです。それで北斎先生に確かめたかったんですが、中野屋さんの絵を直に指して偽物かどうか、なんて話はさすがに憚られまして」

「ああ、それでいいよ。あれが偽物と思われてるって親父どのが聞いたら、頭にきて何を言い出すかわかったもんじゃない。あんた、うまくやってくれたね」

阿栄にそう言われると、おゆうもほっとした。少なくとも阿栄は怒っていない。

「で、その話を調べろってあんたに頼んだのは、中野屋さんなのかい」

「いえ、違うんです。ちょっと事情があって、頼み人が誰かは言えないんですが」

まさか二百年後の美術館担当者に頼まれました、などとは言えない。

「ふーん」阿栄は怪訝そうにおゆうを見やった。

「絵の持ち主でもない人が、絵の真贋を確かめてどうすんだろ」

「えっと、それはその……」

いろいろ事情が、と言いかけたところで阿栄の目が光った。

「さては狙いは鶴仙堂？　あいつが何か企んでるとか？」

「えっ」

おゆうはしまったと思った。驚きがもろに顔に出たのを、阿栄に見られた。だがそこまで見抜くとは、阿栄も大したタマだ。そんな切れ者だと、資料には載ってなかったのに。いや、待てよ。もしかして、阿栄も何か知っている？

「あの、鶴仙堂が怪しいと思うわけがあるんですか。鶴仙堂と付き合いはないって言われましたけど、何かご存知なんですね」

「いや、ご存知ってほどじゃないけど」

阿栄は肩を竦めた。

「ただねえ、鶴仙堂は何かと噂のある奴だよ。だからうちも近付かないようにしてるんだ」

「そう……なんですか」

ずいぶん漠然とした話だ。が、そういう雰囲気の男なら、いかにも怪しい文書を書きそうな気がしてくる。これはやはり、早急に鶴仙堂に会ってみなければなるまい。

「あんた、次は鶴仙堂に会うつもりかい」

また肚《はら》の内を読まれたか。おゆうは、そうしますと隠さず答えた。

「それじゃ、何かわかったらあたしにも教えてくれないか。親父の贋作は珍しくないけど、あんたの話の様子じゃ、今までのとは趣が違うような気がするよ」

「わかりました」

おゆうは阿栄に笑みを返した。おゆうとしても、阿栄が協力してくれるなら有難い。北斎の娘だから、というだけでなく、阿栄の頭の切れは役に立ってくれそうな気がした。

「あ、それと」礼を言って去ろうとするおゆうを、阿栄が呼び止めた。

「鶴仙堂に会うなら、十手があった方がいいと思うよ」

おゆうは振り向き、表情を引き締めると黙って頷いた。

三

山下町の鶴仙堂は、数寄屋橋《すきやばし》御門にほど近い表店《おもてだな》であった。ついでに言えば、伝三郎の職場である南町奉行所も、目と鼻の先だ。間口は三、四間で、そう大きな店ではない。版元かと思ったのだが、店先で浮世絵や絵草子を売る小売業のようだ。暖簾をくぐったおゆうは、店番の丁稚に主人に会いたいと告げた。丁稚は、へえ、ちょっとお待ちをと言ってすぐ奥へ入った。他に客の姿はない。見れば、手前に並んだ浮世絵は最新のものだが、奥の方にあるものはいくらか黄ばみかけている。繁盛しているとは言い難い様子であった。

間もなく丁稚と一緒に、三十五、六と思われる痩《や》せた男が表に出て来た。背は高い方で、細面に切れ長の目をしている。今は年相応の皺もあるが、若いときは役者風でモテたかも知れない。男はおゆうを見て客向けの愛想笑いを浮かべたが、中野屋の番頭がそうだったように、帯の十手に気付くと眉を上げた。

「主人《あるじ》の永吉でございます。どのような御用でしょう」

「東馬喰町のおゆうです。実は絵のことで、ちょっとお尋ねしたいことがありまして」

鶴仙堂の表情が、かすかに強張《こわば》ったように見えた。

「絵のお話ですか。まずは奥へどうぞ」

鶴仙堂に案内され、おゆうは奥の座敷に通った。間口は狭いが奥行きはそれなりにあるようだ。畳に座って見回すと、長押《なげし》の上には書の額がかかり、襖には竹林の襖絵、畳のへりには金糸が使われている。店先の様子とは裏腹に、金回りはいいらしい。

「さて、絵について何をお聞きになりたいのでしょう。手前でわかることなら、何なりとお手伝いさせていただきますが」

いかにも愛想よく、鶴仙堂は言った。が、おゆうには何だかわざとらしく映った。

「では伺います。鶴仙堂さんは、新右衛門町の中野屋さんをご存知ですね」

「中野屋さんですか？　はい、存じ上げております。商いの方でご贔屓《ひいき》いただきまして」

「中野屋さんは北斎先生の絵をお持ちですが、あれは鶴仙堂さんがお売りになったと聞いております。相違ございませんか」

「ああ、あの大川の風景の絵でございますね」

鶴仙堂の表情が、さっきと同様に一瞬、硬くなった。

「正しくは、手前が仲立ちをいたしまして、大川端の武乃屋さんから中野屋さんにお売りした、という形でございます」

「鶴仙堂さんは、仲立ちの手間賃をお受けになった、ということですか」

「左様で」

「そういう商いを、よくされているのですか」

「はい。直に絵師の方々から仕入れて売ることも無論やっておりますが、このような仲立ちの商いもかなりございます」

なるほど。浮世絵の販売より美術品ブローカーのようなことを本業にしているのだろう。ならば流行らない店先と優雅な奥の間のアンバランスも、得心がいく。

「武乃屋さんともお付き合いがあったのですか。一昨年、店をたたまれたと聞いていますが」

「はい、武乃屋さんは羽振りのいい料理屋さんだったのですが、ご主人が相場に手を出されましてねえ。ああいうものは素人がやりますと、大怪我《けが》をすることが多いようで。武乃屋さんも大損なさいまして、夜逃げ同然に。そこで手前が一旦武乃屋さんから絵を買い取り、名のある絵師の絵で手ごろなものを捜しておられた中野屋さんに、お売りした次第で。北斎先生の絵としてはなかなかのもので、描かれて日も浅かったですし、どこかへ流れていって消えてしまうのは勿体ないと存じまして」

「武乃屋さんは、今はどちらに」

「さあ、それは。下総《しもうさ》の出、と伺ったことがございますので、そちらへお戻りになったのではと思いますが、しかとは存じません」

鶴仙堂が知らないとなると、武乃屋に裏を取るのはあきらめざるを得まい。となれば、問題はこの先だ。おゆうは核心に入った。

「さて鶴仙堂さん。中野屋さんに渡ったその絵は贋作なのですか」

遠回しに尋ねようかとも思ったが、望む方向に話を進められるか確信がなかったので、直球で行くことにした。その効果は、予想以上だった。鶴仙堂の目が見開かれ、顔色は真っ青になった。

「な、な、何をおっしゃるんです、藪から棒に。どういうわけで贋作だなどと」

「どういうわけも何も、あなたがそう言われたんでは？」

「この私が言ったと！　中野屋さんがそうおっしゃったんですか」

「いいえ、中野屋さんは関わりありません。言った、と言うより、そうですね……何か、そういう文書を書かれたんじゃありませんか」

「文書ですと！」

鶴仙堂は、ハンマーで頭をぶん殴られでもしたような反応を見せた。これにはおゆうも逆にたじろいだ。

「いえその、やっぱり書かれたんですか」

「文書など知りません！」

その答えは、ほとんど悲鳴のようだった。

「何であんた、そんなことを。そんな文書を見たとでも言うんですか。いったい何を聞いたんです。何を知ってるんですか」

鶴仙堂は蒼白《そうはく》になったまま、身を乗り出しておゆうに迫った。こんなに激しい反応を引き出すとは意外だ。おゆうは体を引きながら帯から十手を抜いた。

「ちょっと鶴仙堂さん。私は十手を出して聞いてるんです。贋作について知ってることがあるなら、ここで話して下さい」

「いいえ、知りません。どこでそんな話をお聞きになったんです。誰がそんなことを言ったんです。教えて下さい」

少し落ち着いた鶴仙堂は、懇願するような言い方になった。おゆうはそんな鶴仙堂に厳しい視線を向けた。

「私がどこで聞いたかなんて、言えやしませんよ。ものを聞いてるのはこちらです。どうなんです、鶴仙堂さん。本当にあなたはあの絵を贋作だと言うなり書くなりしたんですか。正直におっしゃって下さい」

「これは、御用の筋なんですか」

「そう思ってもらって結構です」

無論、奉行所の仕事ではないが、ここは強気に行くべきだろう。

「贋作を描いた者を捕らえるおつもりで？」

「まあ……そういうことです」

「ならば誰かが贋作を摑まされたと訴え出たんですか。いったい何があったんです。私が文書を書いたとまでおっしゃるなら、何がどうなっているのかぐらい話して下さい」

　鶴仙堂が食い下がってきた。これはまずい。まさか二百年後に文書が見つかりまして、などと言えやしないし、今の時点では本当に鶴仙堂が書いたものだという証しさえない。それに、奉行所が贋作を事件として取り上げるなら、金銭的被害に遭った者が居なくてはならない。さすがにそこまでの説明は用意していなかった。このままでは分が悪い。一旦退くことにしよう。

「何度も言いますけど、御用の筋である以上は何もお教えできません。どうしても知らないとおっしゃるなら、仕方ありません。今日のところは引き揚げます」

　おゆうは強気の姿勢を崩さず、立ち上がった。鶴仙堂はなおも何か言おうとしたが、わざとらしく十手をちらつかせてその先を封じた。鶴仙堂はおゆうを睨んだが諦め、黙って店先まで見送りに来た。異様な空気を察した丁稚が、怯《おび》えたような表情になった。

「ではまた」おゆうは振り返って、これで終わらせないよという意思を伝えると、早くも暮れ始めた表通りへ出て行った。結局、すり替えに関しては何一つ聞けなかった。ほんの少し身が震えたのは、冷えてきた空気のせいだろうか、背中に鶴仙堂の険しい視線が突き刺さったからだろうか。

薄暗くなってきた頃、家に着いた。表戸を開けて入ると、おや、と思った。三和土に雪駄がある。見慣れた雪駄だ。おゆうはぱっと気分が明るくなった。そのとき、閉まった襖の向こうから声がした。

「おう、帰ったかい。ちょいと冷えてきたなあ」

おゆうは思わず顔をほころばせ、襖をさっと開けた。行灯《あんどん》の灯りを背に、こちらを向いて火鉢に当たっていた三十ちょい過ぎの渋い二枚目風の侍が、軽く手を挙げた。

「ようやく来ていただけましたか。余程お忙しかったと見えますねえ」

「何だよ、顔見せたらいきなり嫌味かい。まあ、しょうがねえけどよ」

南町奉行所定廻り同心、鵜飼伝三郎は、苦笑しておゆうを手招きした。

「忙しかったのは本当だぜ。ようやく溜まってた書き物仕事を片付けたんだ。ほっとしたよ。どうも筆を振るう仕事ってのは、性に合わねえ」

この前「さかゐ」で源七が言っていた通り、書類仕事に追われていたらしい。おゆうが向かいに座ると、伝三郎は首筋を叩いた。

「鵜飼様、だいぶ肩が凝ってるんじゃありませんか」

ちょいと揉《も》んで差し上げましょうか、と手で仕草をすると、伝三郎は「そいつは嬉《うれ》しいねえ」と笑みを浮かべた。

「けど、俺の肩凝りにゃこっちも効くぜ」

伝三郎は、右手の親指と人差し指で盃の形を作った。おゆうは、ああ、と手を叩いた。

「ごめんなさい、気が利かなくて。やっぱり熱燗ですよね」

おゆうはすぐ台所に立つと、ちろりを出して酒を注いだ。それを持って座敷に戻り、火鉢の隅に置いた袴に立てた。いかにも江戸の冬らしい景色である。燗ができるまで暇があるので、それじゃその間に、とおゆうは伝三郎の背後に回り、両肩をゆっくりと揉み始めた。

「おう、いい手つきだねえ。これぞ極楽だな」

伝三郎はそんな世辞を言いながら目を細めている。一分経たずに春の陽気になるエアコンや、数十秒で燗が出来上がる電子レンジも便利でいいが、こんな風情も和ませる。それに何日ぶりかで伝三郎と二人きり。それだけでおゆうの胸は温かくなる。

「一日中机に張り付いてらしたんですか」

「ああ、ここ何日かはな。なに、途中で勝手に用事を作って息抜きに出かけたりはしてるんだが」

伝三郎はおゆうに向かってニヤリとして見せた。

「どうもしばらく捕り物に出張らねえと調子が狂うな」

「机に齧《かじ》り付いた鵜飼様って、何だか想像しにくいですね」

「俺もそう思う。書き物仕事で下手人が捕まるわけねえのに、何でか役所ってのはこういうもんが好きだよなあ。紙切れの分量が多いほど、御城の上の方にゃ俺たちが仕事してるように見えるのかねえ」

まるで現代の刑事みたいなぼやきだわ、とおゆうは吹き出しそうになった。役所って、何百年も前からこうだったのね。

「まあそりゃ、殺しだ押し込みだ刃傷沙汰だ、なんてのは起きねえのに越したことはねえんだが……」

「物足りない？」

「てなこと役人が言えるわけねえだろ。お、もうちょい右……ああ、そこだそこだ」

ツボに当たったか、伝三郎が気持ちよさそうに目を細めた。ああ、いい感じ。今日こそこのまま泊まってってくれないかなぁ……いや、待て待て。今日の自分の格好ではまずいかも。

冬の寒さが来てからは、外から見えないのをいいことに、おゆうは着物の下にヒートテックのインナーとレギンスを着けていた。暖房の乏しい江戸で、綿入れの着物だけでは頼りないからだが、こんなのを伝三郎に見られたら大変だ。

「ところでお前さんの方は、今日はどこを回ってたんだい」

おっと。ほっこりしてたらそっちに話が行ったか。

「実はね、北斎先生のところに行ってきたんです」

「北斎？　浮世絵の北斎か。そりゃあまた、珍しいところへ行ったんだな」

伝三郎が興味深そうに顔を向けてきたので、おゆうは肩揉みを中断して座り直した。

「ええ、ちょうどお栄さんが北斎さんの娘さんと幼馴染《おさななじみ》で、住まいも知ってたもんですから」

北斎の家を訪ねたことは、いずれ源七から伝三郎の耳に入るだろう。だから言わないわけにはいかなかった。

「絵を描いてもらいに行ったんじゃねえのか」

「ええ、私なんかが注文しても勿体ないでしょう。猫に小判ですよ」

「いや、そうじゃなくてさ。お前の絵とかだよ。北斎は美人画もやるじゃねえか」

え？　私をモデルにする話？　まさか。

「ご冗談を。そうじゃなくって、北斎先生の贋絵が出てるって話があったんで、ちょっとご本人に確かめたんです」

「贋絵？　北斎の贋作か。うん、確かにそういうものは何度か出たことがあるが、近頃では聞いてねえな。どこで出たんだい」

「いえ、それが噂だけでして。北斎さんも下の娘さんが亡くなったばかりだそうで、あんまり深く話は聞けませんでした。でも、これと言った心当たりはないようです」

「ふうん。何だかふわっとした話だな。はは ぁ、お前、贋絵にかこつけて北斎の仕事場を見物に行ったんじゃねえのか」

「あ、まあその、そういう意味もなくはないですけど……」

おゆうは照れ笑いして頭を掻いた。本当の目的は説明できない以上、曖昧な話で誤《ご》魔化《まか》しておくしかないのだが、伝三郎がそう思ってくれるなら都合がいい。

「いっそ描いてくれと売り込みに行っちゃどうだい。お前の見端《みば》なら北斎もその気になるだろうぜ」

おゆうは平成の東京ではごく普通のOL風だが、二十一世紀の美容術のおかげでこの江戸では、北斎がその気になるかはともかく、なかなかの別嬪として通っている。

「また馬鹿なことおっしゃって……ほらほら、お燗がつきましたよ」

いいタイミングで燗ができたので、おゆうは伝三郎に盃を渡し、ちろりを持ち上げた。

「娘さんが亡くなってすぐなのに、北斎さんもそんな気になりゃしませんって」

そう言いながら熱燗を注いだものの、ふと北斎の浮世絵になった自分の姿を想像して、ちょっと悦に入ってしまうおゆうであった。

その晩も、やはり伝三郎は泊まって行かなかった。少々いい雰囲気になったとしても、決して一線は越えて来ない。伝三郎はずっとそのスタイルを守っていた。おゆうもすっかり慣れて、今ではそれを楽しんでさえいた。

（だけど……）

時々、ふっと不安になる。伝三郎はこの先、自分との関係をどうしたいのだろう。好いてくれているのは間違いないと思うが、何故か自分でここは越えないという境界線を引いているようだ。それがどういう理由によるのか、おゆうにはとんと見当がつかない。亡くなった奥方への義理立てか、と思ったりもしたが、どうも違うような気がする。

（あんまり追及するようなことはしたくないし……）

正直、伝三郎が心の底から自分を信用しているわけではないのだ、と思うのは悲しい。だが、自分が大きな秘密を抱えたまま付き合っているのも事実だ。それを思えば、変に深入りして全てを台無しにしてしまうのが怖い。やはりこのままの関わりを続けるのが、一番いいのかも知れない。

(ああもう、余計なこと考えるのやめて、寝よ寝よ)

江戸の夜更けは早い。おゆうは押し入れを開けてさっさと夜具を引っ張り出した。

翌朝、おゆうは何日かぶりに飯を炊《た》いて、朝食を食べた。たまにしか台所は使わないのだが、さすがに江戸暮らしも日数を重ねると、飯の炊き方ぐらいは覚えられる。あまりいつまでも台所周りに生活感がないと不自然なので、近頃はそういう努力も怠らないようにしていた。ただし、着火剤やら点火用ライターやらの助けはちゃっかり借りている。百パーセントの江戸生活というのは、まだまだハードルが高いのだ。

東京から持って来た味付け海苔《のり》と佃煮を載せ、今朝はまずまずうまく炊けたなと自分で満足しながらご飯を口に運ぶ。米自体の味はコシヒカリやササニシキに比べると数段落ちるが、ご飯は雰囲気も合わせて味わうもの、これはこれでいい。

残さず食べてお茶を啜《すす》っていると、表でばたばたと足音がした。おゆうははっと身構えた。これは事件の予感だ。

「姐さん、あっしです。居られやすかい」

がらりと表戸が開けられ、良く通る若い男の声がした。源七の下っ引き、千太《せんた》だ。

「はあい。どうしたの」

お茶を飲み込んで、返事しながら立ち上がった。やはり事件らしい。

「小網町《こあみちょう》の稲荷《いなり》の裏手で、殺しです。鵜飼の旦那が、姐さんに来てほしいそうで」

「小網町で殺し？」

小網町ならここから十四、五町だ。伝三郎がそこまで出張れ、と言うなら、何か難しい事件なのかも知れない。

「わかった。行きましょう」

おゆうはすぐに引っ込むと、急いで髪を直して簞笥《たんす》から十手を取り出し、帯に差した。おゆうの髪は島田に結わず、後ろに流して纏《まと》めてある「洗い髪」の髪型なので、整えるのに手間はかからない。

「それで、殺されたのは誰なのかわかってるの」

草履をつっかけながらおゆうは尋ねた。が、千太の答えを聞いて、そのまま凍りついた。

「へい。山下町で絵草子屋だかなんだかをやってる、鶴仙堂って奴らしいです」

第二章　六間堀の絵師

四

堀留町《ほりどめちょう》から堀沿いに走り、小網町の裏手の道に入った。川沿いの表は賑《にぎ》やかだが、こちら側は酒井雅楽頭《さかいうたのかみ》の大きな屋敷の塀が続くばかりで静かなものだ。その中程にある稲荷の前に、岡っ引きらしいのと奉行所の小者が何人かたむろしている。足音を聞きつけて、皆が一斉にこっちを見た。

「呼んで来やした。旦那は」

三十くらいの色黒で彫りの深い男が、鳥居の奥を指差した。確か、小網町界隈を縄張りにする岡っ引きの松次郎《まつじろう》だ。おゆうは軽く目礼して稲荷の境内に入った。松次郎も軽く頷いたが、目付きは厳しかった。

境内と言っても、広さは猫の額ほどだ。俗に江戸名物として「伊勢屋《いせや》、稲荷に犬の糞《くそ》」と言われるほど、江戸市中には稲荷がどこにでもある。小網町の稲荷もそれらの一つだ。鳥居の横に戸板と筵《むしろ》が用意され、すぐ奥の祠《ほこら》の裏に、横たわる男の足先が見えた。

「おう、来たか。ちょっとこっちへ寄ってくれ」

祠の裏から伝三郎が顔を出し、手招きした。おゆうは「はい」と返事して裏に回った。

羽織姿の男が俯《うつぶ》せで倒れ、両脇に伝三郎と源七がしゃがみ込んでいた。男の黒ずんだ顔は横向きになり、眼球が飛び出して半開きの口から舌が突き出している。思わず顔をしかめた。首には索条痕。明らかに絞殺だ。そしてその顔は、昨日会ったばかりの鶴仙堂に違いなかった。

「殺されたのは昨夜遅くだな。表側と違って、こっちは夜の人通りはねえ。朝になってお参りに来た婆《ばあ》さんが見つけて、番屋に駆け込んだんだ」

伝三郎は十手で索条痕を指した。

「見ての通り、紐《ひも》か何かで絞められてる。後ろから襲われたらしい」

おゆうは頷き、地面に目をやった。祠の表側から、引きずったような跡がついている。

「鳥居の辺りで絞め殺して、死骸を裏に隠したんですね」

「ああ、そうだ。それで、お前に聞きてえんだが……」

はい？　と顔を上げると、伝三郎の顔がいつになく真剣だった。源七の方は何だか落ち着かなげで、視線が左右に動いている。どこか困ったような顔だ。何だか嫌な予感がした。

「お前、昨日鶴仙堂を訪ねたそうだな。店の丁稚がそう言ってた」

「あ、はい。確かに訪ねました」

背筋がひんやりした。被害者が鶴仙堂と聞いた途端、いずれ聞かれるとは思ったが、早くも伝三郎の耳に入っていたか。

「昨夜はそんなこと言ってなかったな。何の用事だったんだ」

「ええと、ちょっと聞きたいことがあったもので」

「聞きたいこと?」

伝三郎はそれだけ言って続きを待った。おゆうが口籠《くちごも》っていると、目が険しくなった。

「小僧が言うには、お前が帰ってから鶴仙堂の様子は明らかにおかしかった、てぇことだ。青い顔をして怒っているように見えたので、話しかけるのが怖かったらしい。そのうち急に何も言わずに店を出て、それっきりだそうだ」

そこで言葉を切り、伝三郎はおゆうの目をじっと見つめた。まずい。一番望ましくない方向に話が進んでいるのに、ほとんど準備をしていない。おゆうはつい目を伏せてしまった。

「鶴仙堂は絵の商売をしてるが、何かと噂のある奴だ。贋作やら盗品やらを扱ったこともあるだろうと、俺たちは睨んでる。その鶴仙堂を青ざめさせるような話って、いったい何なんだ」

言い方は穏やかだが、伝三郎が苛立ち始めているのがおゆうにはわかった。ちらりと源七を見ると、ますます困惑しているようだ。

「ごめんなさい。実は人に頼まれて、調べていることがあるんです。でも、詳しいことはちょっと……」

「俺にも言えねえ、ってのか」

伝三郎の顔が曇った。おゆうは胸が痛んだ。それでも、二百年先から来た依頼だなどと言うことはできない。

「お前、もしかして下手人に心当たりがあるのか」

「いえ、とんでもない！」

慌てて言った。心当たりどころか、一番知りたいのが犯人とその動機だ。

「正直、鶴仙堂さんが殺されたことで、すごく戸惑ってるんです。私が聞きに行った話は、殺しを呼び込むようなことではないと思ってたのに」

「だが、こうして奴はホトケになって転がってる」

伝三郎は十手で死体を指して、おゆうの顔にまた鋭い視線を向けた。おゆうは再び「ごめんなさい」と呟《つぶや》くように言って、下を向くしかなかった。

「そうか。わかった、今日のところはいい」

伝三郎は溜息をついて立ち上がると、おゆうから目を逸《そ》らして小者を呼び、死体をて表に出た。
運び出すよう指示した。おゆうはまともに伝三郎の顔を見れないまま、その後に付い
「おゆうさん」後ろから源七が、小声でささやいた。
「あんた、一昨日の昼に北斎に何か聞きに行く話をしてたよな。あれと関わりがある
のかい」
ぎくりとした。これは否定しても無理だろう。今の自分の反応で、手練《てだ》れの岡っ引
きである源七には充分な答えになったはずだ。
「実は……あるんです。でも、今はちょっと話が。お願いします」
「そうかい。ま、詳しいことは聞かずにおくよ」
頭を下げると源七は頷いたが、眉根に皺を寄せた。
「あんたにもいろいろあるんだろうが、鵜飼の旦那にゃ隠し事をしねえ方がいいぜ」
それだけ言うと、源七は伝三郎の後を追った。伝三郎は振り向きもせずに番屋へと
引き揚げて行った。声を荒げはしなかったが、おゆうの態度に怒っているのは間違い
ないだろう。鳥居の脇では、松次郎がおゆうに鋭い視線を向けている。彼も疑いを持
っているようだ。
源七はああ言ってくれたが、北斎を訪ねたことは伝三郎に話してしまっている。鶴
仙堂は絵に関わる商売をしていたのだから、伝三郎はすぐにも話を結び付けるだろう。

それについて、どんな説明をすればいいのか。

（あんな依頼、引き受けるんじゃなかった……）

おゆうは途方に暮れて、立ちつくしたまま伝三郎たちの後ろ姿を見送った。


一人寂しく家に帰ると、火鉢の残り火に炭を足した。暖房器具といえば、この他に小さな火鉢がもう一つあるだけだ。障子と襖を閉めても隙間風は侵入してくる。おかげで閉めきっても一酸化炭素中毒の心配は少ないが、一人で居ると室温は大して上がらない。おまけに今日は、心まで寒い。

（この時代の人って、寒さに強いんだよねえ）

それは江戸へ来てから冬になるたびにつくづく思う。夏は冷房がなくてもヒートアイランド現象を起こしている現代より気温が低く、過ごしやすいが、そのぶん冬が厳しい。真冬でも室温二十度という状況に慣れてしまった現代人は、寒さへの耐性を失ったのだろうか。

エアコンや温風ヒーターへの渇望を抑え込み、おゆうは例の文書を出して広げると、改めて読み返した。中野屋所有の北斎画は本湊町の貞芳が描いた贋作。貞芳はそれを本物とすり替えた。鶴仙堂はすり替えられた贋物を中野屋に売った。そして、本物は鶴仙堂が見つけ出し、誰だかわからぬ「あなた様」に売ろうとしている……。

（これを書いたのは署名の通り鶴仙堂で間違いなさそうだけど、あの動揺ぶりは只事《ただごと》じゃないよね。いったい誰宛てに書いたんだろう）

鶴仙堂が死んでしまった以上、この文書について知っているのは、おそらく文中に真作を売る相手として書かれている「あなた様」以外あるまい。鶴仙堂が絵を売った、あるいは売ろうとしていた相手をリストアップすれば、「あなた様」の見当はつくかも知れない。

（それと、唯一具体的に実名が上がっている貞芳という絵師だ）

こちらは贋作を描いてすり替えた張本人と名指しされているが、どうやってすり替えたかには全く触れられていない。さらにすり替えて売り飛ばしたはずの本物が、どうやって鶴仙堂の手に渡ったかも書かれていない。非常に不完全な文書だった。

（とにかく、貞芳の住まいは大川に近い本湊町とわかってるんだ。行ってみよう）

貞芳とやらを締め上げれば、奇妙な文書の謎もおおかた解けるのではないか。この件では伝三郎や源七の助力を得られないが、絵師の一人ぐらい自分でどうにかできるだろう。伝三郎の信用を取り戻すためには、できるだけ早く文書の謎を解明して鶴仙堂殺しの下手人を見つけ出さねばならない。

（そうだ。まだ昼前なのに、うじうじしてる場合じゃない）

おゆうは落ち込みかけた自分に気合を入れるように、十手を摑んで——忘れずに使い捨てカイロも着物の内に突っ込んで——ぱっと立ち上がった。

江戸橋《えどばし》を渡って堀沿いに南へ下り、白魚橋《しらうおばし》のところで左に折れ、家から半刻近く歩いて本湊町に入った。東京で言うと、佃大橋の北側辺りだ。ちょっと足が疲れたおゆうは、町の北端にある浪よけ稲荷のところで一息ついて周りを見回した。貞芳は北斎のような有名人ではないだろうが、界隈に絵師が何人も居るとは思えないし、町内で聞けば住まいは北斎のときと同様、すぐわかるだろうと思った。

すぐ先の角の瀬戸物屋で、手代が店先に出ているのが目に入った。おゆうは十手が見えるようにして近付き、早速貞芳のことを聞いてみた。思った通り、貞芳のことはすぐにわかった。だが、それはおゆうが期待したことではなかった。

「亡くなった？　去年の夏？」

聞いた一瞬、呆然《ぼうぜん》となったが、手代は気にもせずに続けた。

「ええ。家は二つ先の路地の奥でしたが、今は経師屋《きょうじや》が住んでます。一人暮らしでしたんで、道具類は大家さんが始末したと思いますが」

「誰か身寄りの人は来なかったんですか」

「ええ、誰も。娘さんが一人居たんですが、だいぶ前に喧嘩《けんか》して家を出て行きまして、弔いのときも姿を見せませんでしたねえ」

「その娘さん、どこに住んでるか知りませんか」

「いえ、存じません。一緒に住んでいた頃のことはよく知りませんが、喧嘩が絶えなかったそうで。出て行ってからは本当に音沙汰なしだったようです」

「そうですか……」

おゆうはひどく落胆した。鶴仙堂も貞芳も死んでしまったとなれば、どこの誰かもわからない「あなた様」を捜し出さない限り、真相は闇の中ではないか。

「娘さんのこと、知ってる人に心当たりは」

「さあ……手前にはちょっと」

貞芳の娘が何か知っている可能性は、どれほどあるだろうか。正直、低いとは思うが、他の手掛かりを思い付けない。おゆうは手代に礼を言ってから、貞芳が住んでいたという家の周辺で聞き込みをしてみたが、娘の現在の居場所を知っている者はいなかった。どうやらこの町との縁を完全に切ってしまうほど、父親との仲は悪くなっていたらしい。もしやと思って、例の絵のことも聞いてみたが、やはり誰も知らなかった。

結局何の成果も得られないまま、おゆうは本湊町を後にした。一刻余り前に家を出たときの意気は、すっかり萎《しぼ》んでしまった。

(これからどうしたもんかなあ……)

三厨たちの依頼を完遂できないのはともかく、伝三郎に説明できないのが辛い。白魚橋を渡って北へ向かうおゆうの足取りは重かった。

そこで、ふっと思い付いた。貞芳のことは、北斎にまだ聞いていなかった。江戸に絵師が何人居るか知らないが、星の数ほどということはあるまい。絵師同士の縁で、北斎が貞芳のことを何か知っている可能性もあるのではないか。

（それだ。もう一度北斎さんのところへ行こう）

疲れ切っていた足が急に軽くなったように感じ、おゆうはそのまま本所へと向かった。

川沿いに少し引き返し、霊岸島《れいがんじま》を抜けて永代橋《えいたいばし》を渡ってから大川の左岸を北へと歩く。家に寄ってから行くよりだいぶ近いはずだが、日比谷《ひびや》線の八丁堀《はっちょうぼり》からＪＲの錦糸町《きんしちょう》駅近くまで行くわけだから、結構な距離だ。長岡町に着くころには、足は完全に棒になっていた。

（これで留守で無駄足だった、ってのは勘弁してよね……）

そう念じて北斎の長屋の木戸口まで来ると、有難いことにちょうど阿栄が出て来た。

「あ、ちょっと阿栄さん」

目ざとく見つけて声をかけると、阿栄は足を止めてこちらを向き、意外そうな顔をした。

「あれ、おゆうさん。今日も来たの」

「ええ、もう一つ北斎先生に確かめたいことがあって」

「親父どのなら、出かけたよ。絵の道具持って。吾妻橋《あづまばし》の方か、浅草《あさくさ》の方だと思うけど」

残念、北斎は写生に出たようだ。どっと疲れが出て、おゆうは大きく溜息をついた。

「何だかずいぶんくたびれてるみたいだねえ」

「ええ、ずいぶん歩き回ったもんで。阿栄さんもお出かけですか」

「いえね、ちょっと遅いけどお昼でも食べに行こうかと思ってさ」

お昼？　あ、そう言えばもう八ツだ。自分もお昼を食べるのを忘れていた。

「その先の入江町の蕎麦屋《そばや》だけどさ。あんたも来る？」

空腹が顔に出てしまったらしい。誘われたおゆうは、喜んでついて行った。

「それで、うちの親父どのに改めて確かめたいことって、何」

蕎麦屋の小上がりに座って、注文を終えてから阿栄が聞いてきた。おゆうはちょっと迷ったが、そのまま阿栄に話してみることにした。貞芳のことは、北斎が知っているなら阿栄も知っているだろう。

「本湊町の貞芳？　ああ、駒川《こまがわ》貞芳ね。知ってるよ。確か、去年死んだんじゃなかったっけ」

聞いてみるもので、阿栄はちゃんと知っていた。

「で、貞芳がどうかしたの」

「ええ、その貞芳さんが、北斎先生の贋作を描いたとか、そこまで行かなくても模写をしていたとか、そんなことがあるのかな、と思って」

「貞芳が贋作？」

阿栄は眉間に皺を寄せた。

「うーん、どうかなあ。あたしも親父どのも、それほど親しかったわけじゃないから」

「そんな気配はなかったんですか」

「絶対やってない、とは言えないだろうなあ」

阿栄の答えは歯切れが悪い。

「貞芳の絵なんて近頃はさっぱり売れてなかったし、稼ぎのために贋作に手を出したかもね。親父どのの絵を模写したってことは、あたしの知る限りじゃ、ないねえ」

どうやら阿栄と北斎も詳しいことまでは知らないようだ。

「あんたの捜してた贋作師は、貞芳だったわけ？」

「いえ、それがどうもまだ、はっきりしなくて」

やはり貞芳の娘を見つけるしかなさそうだ。駄目もとで聞いてみるか。

「貞芳さんには娘さんが居たそうですね。喧嘩して家を出ちまったそうですが」

「え？　ああ、お実乃《みの》さんのことね。そう言や、出たっきり貞芳のとこには戻ってないよね」

「あ、娘さんのこともご存知なんですか」

「うん。今は六間堀《ろっけんぼり》に住んでるよ。あの娘も絵師をやってるんだ。親父さんと大喧嘩して飛び出したわりにゃ、血は争えないって言うかさ」

えっ、住まいまで知ってるの。これは駄目もとどころか嬉しい誤算だ。

「誰かの弟子なんですか」

「いや、強いて言うなら貞芳の弟子ってことかな。絵のイロハは親父さんから教わったはずだよ。しょっちゅう喧嘩してたらしいから、仲違いの理由《わけ》も絵のことだろうね」

そうか。絵の指導方法とか、目指す方向とかの食い違いで親子が対立したのか。これはいかにもありそうな話だ。そこで蕎麦が運ばれて来たので、話は一旦途切れた。

湯気の立つ、蒲鉾《かまぼこ》が載った蕎麦を前にして、おゆうはいかに空腹だったか悟った。早速箸《はし》で蕎麦を持ち上げ、冷まして一気に啜る。ほっとしたところで、阿栄が思い出したように話の先を続けた。

「あ、そうだ。お実乃さんは修行なんて言ってよく模写をしてるらしいよ。師匠がいないから、代わりに名のある絵師の絵を手本に使ってるんだ」

「え？　それじゃ、北斎先生のも」

「だろうね。いっそうちの親父どのに弟子入りでもすりゃいいのにね」

北斎の弟子で女絵師と言えば、記録にあるのは目の前に居る阿栄、即《すなわ》ち葛飾応為ぐらいだ。お実乃とやらが弟子入りすることは今後もあるまい。しかし数多く模写をしているというのは、いささか気になる話だ。

「正直あたしは、あんまりいつまでもいろんな絵の模写ばっかりやってるのは、どうかと思うんだよねえ。誰かを手本にするとしても、八方美人じゃ自分の形ってものが定まらないんじゃないかなあ」

なるほど。阿栄の言うのはわかる。作風のスタイルが確立できないと、絵師としての独り立ちは難しいかも知れない。

「お実乃さんの絵って、売れてるんですか」

阿栄はかぶりを振った。

「師匠もなし、後ろ盾もなしじゃあ、扱ってくれる版元はなかなか見つからないよ」

「じゃあ、お実乃さんはどうやって暮らしを立ててるんです」

その問いに、阿栄はちょっと答え方を考える風であったが、やがて肩を竦めた。

「実はね。一軒だけお実乃さんの絵を扱ってる店があるんだ。それがつまりは、こういうこと」

阿栄はしたり顔になって親指を立てた。おゆうは「ああ」と頷いた。要するに、版元か何かの愛人になっているわけだ。

「その相手って、誰なんです」

おゆうは内緒話のように顔を近付けた。こういうゴシップには、やはり気を引かれる。

「それがさ……」阿栄も顔を寄せ、聞いている者も居ないのに小声になった。

「あの鶴仙堂なんだよ」

「ええっ！」おゆうは口に入れかけた蕎麦を丼に落とした。

「あんた、鶴仙堂に会うって言ってたよね。ま、そんな話は出なかっただろうけど……何だい、どうしたのさ。そんなにびっくりしたかい」

「いえその、鶴仙堂なんですけど、昨夜殺されたんですよ」

「何だってぇ！」今度は阿栄が蕎麦を吹き出しかけた。

「どこで、誰に」

「死骸が見つかったのは小網町です。誰がやったのかはまだ全然」

「これって……いったい何がどうなってんのよ」

それはこっちが聞きたいわよ。おゆうは啞然としている阿栄をそのままに、懸命に頭の中を整理しようとした。

小網町は六間堀と山下町のほぼ中間だ。二人が愛人関係だったとすれば、鶴仙堂はお実乃の家から帰る途中で殺されたのかも知れない。鶴仙堂が噂通り怪しげなところのある奴なら、そんな男の愛人になったのはお実乃の貞芳へのあてつけなのだろうか。それなら親子が没交渉になったのもよくわかる。鶴仙堂は、お実乃に肩入れして貞芳を陥れるつもりであの文書を書いたのだろうか。そして北斎の贋作は、本当に描かれたのか。

（あー駄目だ。疑問がまた増えちゃった）

頭を抱えると、しばらく唖然としていた阿栄が声をかけてきた。

「あのさ、何ならこれから、お実乃さんのところに行ってみる？」

「あ、ええ、できるならそうしたいです。一緒に行ってくれるんですか」

「うん。あたしなら一応顔見知りだし、いきなり十手を突きつけられたら向こうも構えちまうだろ」

「助かります。お願いします」

おゆうは阿栄に向かって両手を合わせた。

「あのう、贋作のことなんですけど」

堅川《たてかわ》沿いに西へ歩きながら、おゆうはもう一つ湧いて来た疑問を口に出した。

「貞芳じゃなくてお実乃さんが、中野屋さんのあの絵を描いた、ってことはあり得るでしょうか」

「お実乃さんが？　模写だけで終わらずに贋作を仕立てたってこと？」

お実乃が盛んに模写を続けていたなら、あるいはという考えは、自然におゆうの頭の中に浮かんでいた。だが阿栄は首を傾げた。

「でもねえ、模写はしたかも知れないけど、お実乃さんが次々に贋作を描いてるとは、どうも思えないなあ。一からそれらしい贋作を描けるほどの腕じゃないと思うんだ」

うーん、なるほど。模写ができるなら贋作なんかいくらでもできる、ってわけじゃないのか。それに、武乃屋が持っていたときにお実乃が模写した可能性はあるとしても、すり替えまでやることができたかと言えば、それは難しそうな気がする。

「それにさ、あんたの言うような贋作は、あたしは一度も見てないんだ。いったい本当に贋作は出回ってるの？　どっかで見つかったの？」

「それは……」おゆうは答えに窮した。

「とにかく一度、お実乃さんの話を聞いてからにしましょう」

誤魔化して返答を先送りすると、阿栄は幾分疑わしげな目をしたが、「ま、いいけど」とあっさり言って足を速めた。前に見えて来た二ツ目之橋《ふたつめのはし》を渡って南に真っ直ぐ行けば、四、五町で六間堀だ。

六間堀町は北と南があるが、阿栄は南六間堀町まで来たところで立ち止まった。
「確かこの辺を右に入るんだけど……」

今日の商売を終えて帰ろうとするところらしい棒手振《ぼて》りに、女絵師の家を知ってるかと聞くと、十間ほど先の角を指して、あの奥だと言う。
「でも、留守かも知れねえよ。昼前に表から声かけたが、返事はなかった」

礼を言って、阿栄と共に路地へ入った。
「ああ、思い出した。この一番奥だよ」

阿栄は足を速めて先へ進み、奥にある戸建ての家の前に立った。おゆうの家と同じような、平屋のこじんまりした家だ。塀などはなく、表口が直に路地に面していた。鶴仙堂が造りはまずまず立派なもので、貧乏絵師が住む家と言うより妾宅風である。鶴仙堂が用意した家なのだろう。
「ご免なさいよ、お実乃さん、居る？　北斎んとこの阿栄だけど」

阿栄が表の戸を叩いて呼ばわった。少し待ってみたが、返事はなく、家は静まり返っている。棒手振りの言った通り、出かけているのだろうか。
「留守みたいですね」

「うん……あんまり出歩く人じゃなかったと思うんだけど」

阿栄は首を傾げると、戸を横に引いて開け、中に首を突っ込んだ。

「あれ、暗いなあ。雨戸、閉めたままみたいだね。変だな」

阿栄の後ろからおゆうも覗き込んだ。すると、襖の開いた三畳間に、小皿が一つ転がっているのが見えた。その脇の畳に、何か染みのようなものがある。絵の具でも付いたのか。

「入ってみましょう」

何か嫌な感じがしたおゆうは、阿栄を促した。阿栄も頷き、二人は三畳間に上がった。奥側にもう一間あるはずだが、間の襖は閉まっている。

「もしかして、臥《ふ》せってるとか？」

「いえ、気配がなさすぎます」

おゆうは襖に手をかけると、「失礼しますよ」と言ってさっと開けた。

部屋の真ん中に、死体があった。

五

「ひゃああっ！」

阿栄がおゆうのすぐ後ろで悲鳴を上げた。おゆうも息を呑んだ。仰向けに横たわっているのは、若い女だ。これがお実乃に違いあるまい。

「番屋に報せて、早く！」

振り向きざまに叫ぶと、阿栄は弾《はじ》かれたように戸口から飛び出した。おゆうはそれを見送ると、奥の部屋にそうっと踏み込んだ。六畳間である。雨戸が閉まったままなのは、犯行が昨夜だったことを示している。表からしか光が入らない薄暗さの中、犯行の証跡を踏まないよう細心の注意を払い、死体の足元を回って雨戸を開けに行った。

雨戸を全部開けてから室内に目を戻す。死体は普段着らしい薄茶の格子縞を着ていた。夜具は見えないので、押し入れの中だろう。代わりに絵筆と皿が何枚か、散乱していた。簞笥の引き出しが半開きで、中が掻き回されたらしく、着物の一部がはみ出ている。死体の脇には薄い板が一枚。その両側に、倒れた燭台《しょくだい》と火の消えた蠟燭《ろうそく》。どうやら画板を畳に置いて絵を描いている最中に襲われたらしい。だが、肝心の絵はどこにも見当たらなかった。

おゆうは跪《ひざまず》き、改めて死体に手を合わせた。江戸では十手持ちとは言え、本来は失業中の元ＯＬに過ぎないのに、この一年ほどで捜査一課の刑事並みに死体を見てきたおゆうは、善し悪しはともかく少々のことでは動じなくなっている。

お実乃の首筋には、絞められた痣《あざ》があった。背後から紐状のもので絞殺されたのだ。

見開かれた目は天井を睨んでいる。散らばった皿には乾いた絵の具がこびりついていた。パレットとして使っていたのを、抵抗して暴れたときに撥《は》ね飛ばしたのだろう。着物の裾が割れ、折れ曲がった左足が腿《もも》まで露《あら》わになっているのが痛々しい。おゆうは唇を噛んだ。

(おや、これは何だ)

畳を見ると、死体から少し離れたところに赤っぽい染みがあり、表の三畳間の方へ四つばかり同じ染みが並んでいた。さっき表から入ってすぐ目に付いたのが、この染みの一つだ。おゆうは目を近付け、触ってみた。

(ははあ、絵の具だな)

犯人が逃げるとき、朱色の絵の具の入った皿に躓《つまず》いたため、足に絵の具が付いたのだろう。三畳間に転がっていた皿がそれだ。おゆうは懐からハンカチ代わりの手拭いを出すと、絵の具の跡の一つを拭った。それからサンプルとして、他の皿に残った絵の具も少しずつ拭い取った。成分を分析しておけば、犯人が足袋《たび》など履いていた場合、それに付着したものと照合できるかも知れない。

作業を一通り終えたとき、表からバタバタと人が走って来る音が聞こえた。町役人か目明しが阿栄に呼ばれて駆け付けたようだ。何とか即席の現場検証を終えるのが間に合って、おゆうはほっとした。

源七を連れた伝三郎が乗り込んで来たのは、半刻近く経ってからだった。第一発見者がおゆうと阿栄だということは、既に聞いているのだろう。伝三郎はおゆうの顔を見て、「おう」と一声かけてから、すぐに死体の検分にかかった。阿栄は戸口のところで不安そうにその様子を見ている。源七たちは、簞笥や押し入れを調べ始めた。

「紐みてぇなもので後ろから絞められてるな。鶴仙堂と同じ手口だ。簞笥や物入れは引っ掻き回されてるが、押し入った様子はねえな。知り合いか、少なくとも夜に家へ上げても構わねえ相手だったようだ」

伝三郎がおゆうと同様の見立てを言うと、源七も頷いた。

「小間物入れの引き出しに、小銭が百文ほどありやしたが、財布は見つかりやせん。絵の道具と着物は、荒らされてる割にゃ盗られた様子はねえ。ですが……」

「ですが、どうした」

「へえ、この女、絵師ですよね。なのに、絵が一枚もねえんです」

「そうか。どうやら描いてる最中だった絵もなくなってるしな」

「物盗りのようにも見えやすが、しっくり来やせんね」

「その見つからねえ財布に、よほどの大金が入ってたんでもなけりゃ、な」

伝三郎は例の畳に付いた染みにちらりと目をやってから、おゆうに向き直った。

「で、このお実乃が鶴仙堂の女だったんだな？」

「ええ、そう聞いたので話を聞きに来てみたら、こんなことに」

伝三郎は確かめるように阿栄をちらりと見た。阿栄が黙って頷く。

「まあ、同じ奴の仕業とみて間違いあるめえ。どっちを先に殺《や》ったのかはわからんが」

それから伝三郎はおゆうの顔をじっと覗き込んだ。おゆうはひどく落ち着かなくなった。

「さてと。お実乃は絵師だ。その旦那の鶴仙堂は、ああいう胡散臭い商売をする奴だ。そんな組み合わせで、二人とも殺されたとなると、何をやってたかは見当がつくってもんじゃねえか。しかも、この家にあったはずの絵が一枚残らず消えてるってことは」

伝三郎はそこで言葉を切った。おゆうは返事に困った。何も返せずにいると、伝三郎の方から言った。

「贋作絡み。そうなんだろ？」

まずい。だが、この状況では誰でも同じ結論を出すだろう。隠しても無駄だ。

「ええ……そうなんです。鶴仙堂が贋作を流したんじゃないかって話があって、このお実乃さんの父親の駒川貞芳って絵師が贋作を描いたんでは、というところから辿《たど》りましたら、こんなことに」

おゆうは、阿栄に話した内容を伝三郎にも告げた。それは黙っていても阿栄が話すだろうから、そうするしかない。しかし、話の元である文書を抜きにしては説明が成り立たない。

「ふうん、そうか。やっぱり贋作か。で、お前にその話を持ち込んだのは、誰なんだ」

それを聞かれるのは当然だが、どうしようもない。

「それがその……どうしても内密にというお話で……」

冷や汗が出て来た。伝三郎はじっとおゆうを見つめて黙っている。源七はこの様子を見て、すっかり困惑しているようだ。横目で阿栄を窺《うかが》うと、こちらもどうしていいかわからない風だ。阿栄にはこのまま余計な口出しをしないでいてくれると有難いのだが。

（ああ、こんなはずじゃなかったのに……）

伝三郎の視線に耐えられなくなってきて、おゆうは次第に俯《うつむ》いた。気が焦り、内密の依頼、という以外に適当な言い訳が思い浮かばない。ああ、本当にどうすれば。

やがて、伝三郎が小さく溜息をついて、視線を逸らせた。

「そうか。内密かい。仕方ねえな」

伝三郎は立ち上がると、阿栄に向かって声をかけた。

「よし、お前さんはもういい。贋作云々についちゃまた何か聞くかも知れねえが、今日はこれまでだ」

「あ、はい、それじゃ失礼します」

阿栄は見るからにほっとした様子で、一礼しておゆうにちらりと当惑気味の目を向けた後、急ぎ足で外へ出て行った。外では戸板を用意した小者が待機している。伝三郎はその連中を呼び入れ、死体を運び出すように命じた。

「おい源七、昨夜この辺を見慣れない奴が出入りしてなかったか、界隈の岡っ引き連中と手分けして当たれ。鶴仙堂が殺された小網町で同じ奴が見られてたら、言うことなしだ」

「承知しやした」

源七は頷いて戸口に向かったが、出て行きざま、おゆうに咎《とが》めるような目を向けた。その視線がおゆうには痛かった。

伝三郎は、戸板に載せられ筵を被せられたお実乃の死体と一緒に、路地を歩み去った。おゆうには軽く手を挙げたが、無言であった。いつもなら、事件現場を後にするときは事件の見立てを話し合いながら一緒に歩いたりするのだが、今日は一人取り残されていた。

おゆうはうなだれて外へ出ると、後ろ手に戸を閉めた。路地の入口の方には、いつの間にか野次馬が大勢集まっている。女の十手持ちを見て、野次馬がちょっとざわめいた。だが、おゆうの様子に何かを感じたのだろう。おゆうが近付くと、誰からともなく道を開けた。おゆうは野次馬には目もくれず、ただ黙ってそこを通り抜けた。

寒風の吹き抜ける川沿いを避け、相生町《あいおいちょう》の裏通りを歩いて家へ向かった。それでも、日陰に入るとかなり空気の冷たさが染みる。自分の心と同じくらい冷えてるなあ、とおゆうは思った。

本当に、困ったことになった。調べ始めたときは伝三郎が乗り出してくる事態になるなど、想定していなかったので、今さらもっともらしい言い訳を作り上げるのは難しい。付け焼刃の説明では、切れ者の伝三郎を納得させることなどできない。せめてあの文書が誰に宛てたもので、いま誰が持っているのかでもわかれば、話の作りようはあるかも知れないのに。

(でも、どうしてこんなことになっちゃったんだろ)

おゆうは歩きながら首を捻った。事件の主な要因が贋作であることは間違いないと思うが、それだけで二件もの殺人の動機になるだろうか。それとも、贋作の裏側に何らかの大きな陰謀でもあったのか。もしかすると、おゆうが首を突っ込んだことで、何かのスイッチを押してしまったのか。いくら考えても闇の中だ。うわの空で歩き続けるうち、いつしか両国橋が目の前に見えて来た。

「さかゑ」にはちょっと行けないし、他の目明したちとも顔を合わせたくなかったので、夕飯は家でと思って煮売り屋で惣菜を買った。家に帰り、惣菜を台所に置いて火鉢に火を入れると、懐からお実乃の家で畳の絵の具を採取した手拭いを出した。もう一度よく見てみる。色は朱色だ。畳の上に付いていたこの染みには、指紋らしき形は見えなかったので、下手人は裸足《はだし》ではなかったようだ。と言っても、この季節では裸足の方が珍しい。下手人は絵の具が付いたのに気付いて足袋を捨てたのだろうか。濃紺や黒の足袋なら、気付かなかった可能性はある。

まあ、その先は宇田川の領分だ。おゆうは手拭いをたたんで丁寧に懐紙に包んだ。明日にでもラボへ持って行こうかと思って簞笥にしまったとき、表の戸口で戸が開けられる音がした。

「おう、帰ってるか」

伝三郎の声だ。おゆうはいそいそと表に出た。

「はいはい、お疲れさまでした」

さっきの気まずさを取り繕うように、おゆうはできるだけ明るい笑顔になって伝三郎の大小を受け取った。伝三郎はいつものように「邪魔するぜ」と言いながら部屋へ上がり、おゆうに笑みを向けた。が、やはりその笑みはいつもより、明らかに硬かった。

「お飲みになりますよね。燗しましょうか。あと、豆腐田楽とさばの味噌煮《みそに》がありますけど」

「ああ、そうだな」

火鉢の前に座った伝三郎が軽く頷く。おゆうは台所で酒をちろりに移し、部屋に持って行って火鉢の隅に入れてある袴にちろりを立てた。そのまま二人で差し向かいに座れば、昨夜とまったく同じ光景なのだが、昨日の今日というのに雰囲気は全くと言っていいほど違う、重たいものになった。

「さて、早速昼の話でなんだが」

いきなり伝三郎の方から切り出した。できれば別の話を振ろうと思っていたおゆうは、機先を制された格好だ。

「あ……はい」自然と居住まいを正す形になった。

「あの場じゃ言い難い様子だったから、改めて聞かせてくれ。お前に贋作について調べるよう頼んだのは、どこの誰だい」

「いえ、その、それは……」

頼んだのは、林野ビルデベロップメント青山開発室。言えっこない。伝三郎の眉間に皺が寄った。

「わかってると思うが、殺しなんだぜ。しかも一晩に二人だ。一番確かな手掛かりと言やあ、お前の頼み人ぐらいなんだ。俺が聞いちゃいけねえのかい」

「え……そんなことは……でもその」

おゆうはそれっきり言葉が出ないまま、俯いた。肩が震えている。

「北斎は、こいつにどう絡んでるんだ。奴が頼み人、ってことじゃねえのか」

まずい。北斎と会ったことは既に話しているし、阿栄があの場に居たのだから、伝三郎としてはそう考えるのが筋だろう。今後の調べに北斎と阿栄の協力はまだまだ必要だ。なのに北斎を尋問されて話がこじれたら、それが得られなくなる。また冷や汗が出て来た。

「どうなんだ。やっぱり言えねえか」

しばし黙った後、伝三郎が駄目を押すように言った。もう耐えられない。おゆうは畳に手をつき、顔を伏せた。

「鵜飼様、申し訳ありません。今はまだ言えません。でも、きっと、きっと全てお話いたします。だから、もう少しだけ待って下さい。お願いいたします」

絞り出すように言って、そのまま畳に伏せ続けた。ぎこちない沈黙が続いた。

「そうか、わかった」

やがて大きな溜息とともに、伝三郎が言った。おゆうは顔を上げた。

「お前にもいろいろあるようだな。そうまで言うなら、仕方ねえ」

伝三郎の顔に、ちらりと苦渋が浮かぶのが見えた。それでおゆうも察した。伝三郎は、おゆうをどこまで信じるか、迷っていたのだろう。そして考えた結果、今は信じることにしたのだ。それは、おゆうの心に突き刺さった。信じて待ってもらった揚句に後々伝三郎に話す「全て」とは、伝三郎が納得できるような作り話でしかないのだ。

「今日は帰るわ」

伝三郎は立ち上がると、おゆうが刀掛けに置いた大小を自分で取り、戸口に向かった。

「あ……」

おゆうは引き留めようと声を出しかけたが、膝立ちになったまま何も言えなかった。

伝三郎は黙って戸を開け、表に出て行った。

「あ、あの、本当にすみません」

慌てて辛うじてそれだけ、伝三郎の背中に言った。伝三郎から答えはなかった。火鉢の中では、手を付けなかったちろりの酒が、熱くなりすぎたまま忘れられていた。

おゆうは呆然として部屋の真ん中に座り込んだ。このまま伝三郎の信用を失ったら、どうしよう。それを防ぐには、自分でこの贋作事件の真相を突き止めるしかない。だが、ろくに手掛かりもないのに、一人でそれができるだろうか。それができないまま、伝三郎の気持ちが自分から去ってしまったら……。

（ああ、本当にどうしよう）

目の前が真っ暗になり、おゆうは座り込んだまましばらく動くことができなかった。

最悪の一日が終わり、朝になった。おゆうはどてらを羽織り、白い息を吐きながら雨戸を開けた。見事な晴天だ。放射冷却で昨日よりさらに冷え込み、身が引き締まるようだ。

昨夜はすっかり落ち込み、布団に入ってもしばらく思い悩んだが、最後には寝てしまった。ずっと落ち込んでいても、これぱかりは誰も助けてくれない。自分で何とかするしかないのだ。

ようし、切り替えよう。おゆうは朝の寒さに曝《さら》した頰を、ぱんぱんと両手で叩いた。ポジティブでなければ、江戸と東京の二重生活なんて、続けられっこないじゃないの。まずは朝ご飯だ。おゆうは昨夜の惣菜の残りを温めようと、七輪に火を入れかけた。いや、待てよ。面倒臭い。誰も見てないんだから、東京へ持って行って電子レンジでチンして来よう。何事もポジティブに、だ。

昼頃になって、おゆうはお実乃の家に向かった。朝方には野次馬連中がいろいろと噂し合っていたに違いないが、近所の者が仕事に出て行ってからはもう落ち着いているだろう、と思ってのことだ。六間堀町まで来ると、長屋のおかみさんたちが棒手振り相手に、まだ事件の噂をしているのが見えた。おゆうは知らぬふりをして、昨日の女岡っ引きだと気付かれないよう、さっさと通り過ぎた。

お実乃の家の前まで来て、おゆうは辺りを窺った。江戸の町人地の人口密度は非常に高いので人目を避けるのが難しく、それが江戸の治安が良好なことの大きな理由なのだが、幸いそのとき、お実乃の家に目を向けている人はいなかった。おゆうは後ろを気にしつつ、素早く戸を開けて家に入り込んだ。

家の中は、ほぼ昨日のまま残されている。有難いことに雨戸も半分は開いていたので、室内は明るい。おゆうの目の前で伝三郎たちが一通りは捜索していたのだが、これといったものは見つかっていなかった。それでも、まだ何か見つかる可能性はある、とおゆうは思っていた。伝三郎たちも、警視庁の鑑識ほど完璧な捜索をしたわけではない。

散らばっていた絵の具用の皿は、隅の方に寄せられていた。一枚一枚手に取ってみたが、不審な点はない。おゆうは風呂敷を広げ、懐紙を出して皿や絵筆を包むとそこに置いた。それから乾いてしまった絵の具のサンプルを採り、化粧台から櫛《くし》、台所から湯呑み、衣文掛けから手拭い、土間の手《て》桶《おけ》から垢《あか》すりを取って来るなど、手当たり次第と見えるような集め方で様々な小物を風呂敷に並べていった。これらは全てラボに回すつもりだ。運が良ければ、お実乃本人のものの他、下手人のＤＮＡが採れるかも知れない。

思い付くものを集めると、次は押し入れを開けた。畳んだ夜具と柳行李《やなぎごうり》が一つ。行李の中は古着や端切れだった。怪しいものはない。次は箪笥だ。伝三郎たちの捜索後、半開きだった引き出しは閉められていたので、下から順に開けていく。まるで空き巣になった気分がした。

お実乃はわりに整理は良かったらしい。その辺は同じ絵師でも北斎や阿栄とは違っている。引き出しの中は乱雑に見えたが、下手人が荒らす前はきちんと詰められていたようだ。古着屋で買ったらしい着物の他、値の張りそうな絹織りの小紋などもある。鶴仙堂の財布から出たものだろうか。

一番上の引き出しには、暦や掛売りの覚書きらしい書付なども入っていた。が、絵に関する書付は見当たらない。もともとそういうものは作っていなかったかも知れない。

引き出しを閉めようとして、おゆうはふと違和感を覚えた。何かが変だ。おゆうは一番上の引き出しを、すっかり抜き出して畳に置いた。ちょっと眺めてから、今度は一番下の引き出しを抜き、二つを並べた。思った通りだ。一番上の引き出しの方が、奥行きが短かった。

おゆうは一番上の引き出しを抜いたところに手を突っ込み、奥の板をまさぐった。

板は動かないが、奥行きは確かに足りない。裏に何かあるようだ。おゆうは箪笥の側面に回った。目を凝らすと、右側面の上に筋目がある。そこに手をやると指が掛かったので、そのまま引いた。一番上の引き出しの裏に当たる部分が、するすると引き出された。隠し引き出しだ。

おゆうは「やった」と呟いて、隠し引き出しに手を突っ込んだ。何やら長方形の小箱が幾つかある。数えると、四つ。その一つを取り出し、蓋《ふた》を開けてみた。中には、大きな角形の印鑑のようなものが入っていた。

（これは……）

おゆうは目を輝かせた。この印鑑みたいなものは、落款印に違いない。自分の落款印ならこんな場所に隠しておく必要はないから、贋作に押印するためのものだろう。下手人はお実乃が贋作を描いていた証拠を残すまいと作品を全部持ち去ったうえ、家捜ししたものの、落款印の隠し場所は見つけられなかったようだ。誰の落款かわかれば、贋作を描いていたことは決定的になる。いいものが手に入った。

この他に、畳のへりや長押も調べたが、もう何も隠されているものは見つからなかった。床下は、さすがに大掛かりになり過ぎるので断念した。落款印が見つかっただけでも、大きな収穫だ。おゆうはそこで切り上げ、また近所の誰かに見られないよう注意しつつお実乃の家を出た。

家へ帰ると、風呂敷包みを一昨日持ち帰った手拭いの包みと一緒に、箪笥に隠した。明日にでもラボに持って行って、宇田川に分析してもらおう。落款が誰の贋物かも調べることはできるだろうし、三厨の絵に捺《お》してある落款印との照合もできるはずだ。おゆうには、これこそ北斎の落款印の贋物だろうという確信めいたものがあった。

その翌朝である。朝食を済ませ、そろそろ宇田川のラボへ向かおうかと思っていたとき、表の戸が叩かれた。

「姐さん、姐さん、すいやせん」

千太の声だ。おゆうはぎくりとした。また贋作のことに絡んで、誰かが殺されたとかじゃあるまいな。

「はい、何かあったの」

急いで表に出ると、千太は手を左右に振った。

「いえ、何かあったってぇわけじゃねえんですが、鵜飼の旦那が番屋まで来てほしいと」

「え？　鵜飼様が呼んでる？」

ここへ来ないで番屋に呼ぶとは、どうしたんだろう。怪訝な顔をしたのに気付いたか、千太が顔を寄せてきた。

「何だかどうも、旦那もうちの親分も、難しい顔をしてやすぜ。どうしたんでしょう」

気分が上向いていたおゆうの肩に、重いものがずしりと落ちた。


おゆうが馬喰町の番屋の戸を開けると、伝三郎と源七が上がり框に並んで座り、千太の言った通り難しい顔をして腕組みしていた。おゆうは胃の奥に痛みを感じた。

「来たか。まあ、そっちへ座んな。千太、お前は外に出てろ」

伝三郎が、上がり框に向き合う板の腰掛を指した。いつもは伝三郎の隣に寄り添うように座るのだが。千太は異様な雰囲気を察して、すぐに退散していった。

「呼んだのは、聞きてえことがあるからだ」

腰を下ろすなり、伝三郎が切り出した。声がいくらか低くなっている。

「お前、昨日の昼間にお実乃の家に行ったな」

はっきり言われて、おゆうはぎょっとした。知られていたか。

「あ……はい、行きました」

「源七が見てた。一刻ほどもあの家に居たようじゃねえか。何してたんだ」

しまった。源七がたまたま居合わせた、ということはない。伝三郎の指図でおゆうを見張っていたのだろう。さすがに全然気が付かなかった。

「ええ……実は、見落としがないか調べに行ってたんです」

「一昨日は何も言ってなかったな。俺たちに黙って、勝手に調べたのか」

「あ……はい、勝手なことしてすみません」

伝三郎と源七が顔を見合わせた。二人とも、厳しい表情のままだ。源七のいかつい顔が、さらに強張っている。

「あんた、辺りを窺いながらこっそり出入りしてたな。あそこに行くのを知られたくなかったんじゃねえのか」

源七が聞いた。確かにこっそりだったが、ラボに持ち込む証拠を採集する様子を見られたくなかったからだ。

「目立たないようにとは思いましたけど、それほど深い考えでは……」

「じゃあ、あそこで何を見つけた。源七の話じゃ、出て来たときは上機嫌に見えたそうだ。空振り、ってことはなかったんだろ」

伝三郎はそう言っておゆうの目を覗き込んだ。これはもう、尋問だ。しかし伝三郎の立場からすれば、おゆうが誰の依頼で動いているかわからないのだから、証拠隠滅を図ったのではと疑いを向けるのも無理はない。

「それは……」

このまま何も答えられなければ、伝三郎はおゆうを当面の間、拘束するかも知れない。せっかくおゆうを信じたいと思っているのに、おゆうがそれに応えてくれない。

そんな伝三郎の胸中が痛いほどわかって、おゆうはまた悲しくなった。

「もういっぺんだけ聞く。お前に調べを頼んだのは誰で、何のためだ」

おゆうは言葉が見つからなかった。何か言わないと。でも、何て……。

そのとき、番屋の戸ががらりと開けられた。唐突な出来事に、おゆうも伝三郎も源七も、一斉に戸を開けた人物の方を見た。

「あたしが頼んだんだよ」

阿栄だった。

六

「あんたが頼んだって？」

源七が驚いて声を上げた。阿栄が応えて頷く。

「どういうことか話してもらおうか。お前もそこへ座れ」

伝三郎に促され、阿栄はおゆうの横に座った。意外な展開に、おゆうは目をぱちくりさせて阿栄を見た。

「出元はうちの親父どのですよ。北斎を騙った贋作ってのは、今までもあったんですけどね。今度はちょっと厄介なことになりそうだったんで……」

阿栄はすらすらと話し始めた。幕閣に近いさるご大身のお方から絵の注文を受けたが、そこへ北斎が弟子を使って大量に絵を描かせ、北斎の落款を押して北斎の作ということにし、荒稼ぎをしているとの噂が入った。無論根も葉もない話だが、北斎自身もこのまま黙っているわけにいかず、身の潔白を証明しようと考えた。どうも鶴仙堂が一枚嚙んでいるようなので、内々におゆうに調べを頼んだ、と、このような話である。

「鶴仙堂が、何でそんなことを」

源七が首を捻りながら聞いた。阿栄は答えを用意していた。

「親父どのとあたしは、前から鶴仙堂がいろんな贋作に手を出してると睨んでたんです。鶴仙堂はあたしたちの疑いに気付いて、こっちの動きを邪魔しようとそんな噂を流したんじゃないかと」

その話に源七は、ふうんなるほど、と唸った。

「北斎が絡んでるのは見当がついてたが」伝三郎が言った。

「それにしても、そうまで固くおゆうに口止めしなくてもいいだろう。この俺にだって言ってくれねえんだぜ」

渋面を見せると、阿栄が頭を下げた。

「それは申し訳ございません。何しろ、ご大身の方が絡む話です。おゆうさんにもそれがどなたかは言ってませんし、これからも申すつもりはございません。ですが何より、そんな噂が街中に流れ出たら、火のない所に煙は立たぬ、ってことでどんな目で見られるか。ただでさえ偏屈爺《じじ》いなんですから。で、何があっても頼み人のことは口に出さないでくれって、おゆうさんに無理を言ったんです。ほんとにおゆうさん、迷惑かけちまって悪かったねえ」

「あー、いえ、そんな。もういいですから」

啞然として阿栄の話を聞いていたおゆうは、慌てて言った。何ともまあ、見事な作り話だ。半分はおゆうが阿栄にした話をアレンジしたものだが、残り半分のご大身やら北斎を貶《おとし》める噂やらは、阿栄の創作だろう。阿栄って、こんなに頭が良かったのか。

「そういうことか……」

伝三郎は大きく溜息をついた。だが、今度のは安堵《あんど》の溜息だったようだ。

「おゆう、まったくお前も義理堅えなあ。あれだけ俺が責めたのによ」

「いえ、私こそ本当にすみません。どう言えばいいかずっと考えてたんですけど、やっぱりもう少しだけでも目途をつけてから、と思ってるうちに鵜飼様に心配かけてしまって」

おゆうは阿栄の話に調子を合わせて頭を下げた。どうやら伝三郎の反応からすると、おゆうへの不信感、あるいは疑いは消えたようだ。おゆうは阿栄を拝んで賽銭《さいせん》でもあげたい心境だった。だが、阿栄はどうして自分を助けてくれたのだろう。

「それじゃ何かい、うちのお栄に聞いて北斎先生んとこへ行ったら、そんなことを頼まれちまったってわけか」

源七の言葉に阿栄がまた頷いた。

「そうなんですよ。おゆうさんたら、親父どのの浮世絵がすっかり気に入って、仕事場を見たいって来たんですけど、こっちとしちゃ、信用できそうな岡っ引きがたまま来てくれるなんて、渡りに舟だったもんだから、ついつい無理頼んじゃって」

「へえ、そいつぁ運のいいこった。何せこのおゆうさんは女ながらに、並みの岡っ引きが束になってもかなわねえんだ。ま、俺を除いてだが」

「何を調子のいいこと言ってやがる」

伝三郎が源七の頭をはたき、一同が笑った。良かった。これでみんな元通りだ。

「ええ、そりゃもう。これだけ口が固いってことだけでも、頼れるお人だってことは充分わかりましたとも」

阿栄が笑いながら応じると、伝三郎は思い出したように尋ねた。

「ところで、お前はここに何しに来たんだ。おゆうに用があったんじゃねえのか」

「あ、そうそう。いえね、調べの具合を聞こうと思ったんですけど、このご様子でだいたいわかりましたから、また後でおゆうさんの所へ寄ります。よろしければ、あたしはこれで」

　阿栄は立ち上がって礼をすると、おゆうに「また後で」と言って番屋を出て行った。

「さてと、これでまあ、事情はわかった。なら、もういいだろう。お実乃の家で何を見つけたか話してくれ」

　阿栄を送り出してすぐ、伝三郎が聞いてきた。おゆうも「はい」と頷いた。阿栄が伝三郎を納得させるほどの説明をしてくれたおかげで、もう気に病むことはない。後は阿栄の話と矛盾が出ないよう、気を付けるだけだ。

「実は、箪笥に隠し引き出しがあったんです。そこに入ってたものは、私の家にあります。これからお見せします」

「そうか。よし、じゃあそっちに行くとするか」

　伝三郎は源七に目で合図し、腰を上げた。


「何だいこりゃあ。古道具屋の仕入れかよ」

　箪笥から風呂敷包みを出して広げると、源七が頓狂な声を上げた。伝三郎も呆れたような顔で見ている。

「皿に絵筆に櫛《くし》に……鍋釜を持って来てねえだけマシか」

「取り敢《あ》えず何か手掛かりになりそうに思ったものは、手当たり次第に持って来ちゃったんで……でも、肝心なのはこれです」

おゆうは懐紙に包んであった小箱を取り上げ、蓋を開けて伝三郎に差し出した。

「ほう、何だこりゃ。印章みてえだが……あ、そうか。絵や書に押す落款印って奴か」

大いに興味を覚えたらしい伝三郎は、落款印を手に取って目を細めた。

「さあて、誰の落款だ。隠してあったってことは、贋作に使う奴だよな。北斎のか」

「たぶんそうじゃないかと。阿栄さんに見てもらえばわかると思います」

「よし、それは任せた。他には？」

「いえ、はっきりした手掛かりはそれだけです」

「そうか、わかった。それじゃ、こっちは鶴仙堂の周りを当たろう。奴が贋作をずっと扱ってたなら、買った奴や仲立ちした奴が居るはずだ」

「贋作を摑まされた奴が、それを恨んで事に及んだんですかね」

源七がそう口にすると、伝三郎も否定はしなかった。

「まだそこまで決められねえが、今のところは一番ありそうだな。まずはそんな奴が居ねえかを探り出すんだ。人数を集めて聞き込め」

源七は、へい、と承知してすぐに出て行った。

「さてと」伝三郎はおゆうに向き直った。

「お前はどう思う。贋作の恨み、って見立てについてだが」

「うーん、それは……確かにありそうですが」

おゆうは慎重に言葉を選んだ。

「でも、それで鶴仙堂さんが殺されたのはわかりますけど、お実乃さんまでいっぺんに殺すっていうのは、どうかなと」

「それもそうだな。贋作を売りつけた奴はともかく、絵師まで殺すのはやり過ぎだよな」

伝三郎は顎に手を当てて首を傾げた。

「やれやれ、この一件、まだ先は長そうだな」

伝三郎はそんなことを呟きながら、よっこらしょと立ち上がった。

「あの、鵜飼様……黙ってて本当にすみませんでした」

おゆうは改めて畳に手をつくと、しおらしく言った。伝三郎はそれを聞くと微笑み、おゆうの肩にそっと手を置いた。

「隠し事はもうなしだぜ。いいな」

優しい声でそう言われて、おゆうの胸はちくりと痛んだ。

阿栄が来たのは、伝三郎たちが出て行ってから小半刻ほど経った後のことだった。

「はい、ご免なさいよぉ。へえ、なかなか洒落た家じゃないの」

そんなことを言いながらほいほいと入って来た阿栄に、おゆうは尋ねた。

「あのう、私ん家《ち》、言ってませんでしたよね。お栄さんに聞いたんですか」

「もちろんそうだよ。しばらくぶりに会ったんで、一刻くらい話し込んじゃってさ。それからここへ来てみたら、ちょうどあんたが下っ引きに呼び出されて出て行くとこが見えたんだよ。で、様子が気になったんで後に付いて番屋まで行ったのさ。そしたら、なんだか剣呑《けんのん》な感じじゃないか。ついつい立ち聞きしてたら、あんたが気まずいことになってたから、お助け人参上って次第」

阿栄は屈託なく一気に喋《しゃべ》った。番屋へ助けに入ったのなんか、甘酒でも奢《おご》ったくらいの普通のこと、と言わんばかりだ。

「ほんとに助かりました。ありがとうございました」

おゆうはきちんと座り直して、丁重に礼を述べた。

「そんな馬鹿丁寧にお礼言わなくたっていいよ。あたしが勝手にやったんだから。むしろ余計なこと言っちまって、藪蛇になったらまずいなと思ったんだけどさ、大丈夫だよね」

「ええ、大丈夫ですとも。よくあんな上手い話を思い付きましたねえ。でも、どうしてそこまでしてくれたんですか」

助けられておいてなんだが、おゆうにはそれが疑問だった。阿栄にはそこまでする義理はないはずなのに。

「まあ、あんたにはこの一件で世話になりそうだし、手ぇ引かれても困るかな、ってね。あ、本当のところはどうなんだとか、別に聞かないからさ。そんなの、興味ないし」

それを聞いておゆうはほっとした。依頼人について話せないのは、阿栄に対しても無論同じだ。が、阿栄はニヤッと笑って、ひと言付け足した。

「それに、ちょいと別の頼み事があるんでね」

「別の頼み、ですか？」

おゆうの胸に警戒心が湧いた。何事だろう。

「どんなことでしょう」

「うん、それはちょっと置いて、あんたお実乃さんの家で家捜ししてたんだろ。何か見つかったの」

「ああ、さっき聞いてたんですね。ちょうど阿栄さんにも見てもらおうと思ってたものがあるんですよ」

おゆうは簞笥から例の風呂敷包みを取り出して、目の前に広げた。阿栄の目が丸くなった。

「ずいぶんいろいろ持って来たんだねえ」

「ええ、あらかたは絵の道具だと思うんですけど、如何です」

「皿と絵筆はそうだけど……筆はまあ、あんまり高いもんじゃないね。皿の絵の具は、泥絵の具だね」

「泥絵の具？」

「簡単に言うと、土みたいな絵の具で、安いし、平らな面にさあっと塗りやすいから、看板なんかによく使うんだけど。あと、絵の下塗りとか」

ふうん。水彩絵の具の古典形か何かか。

「水で溶くんですか」

「ただの水じゃ駄目。紙に付かないから。膠《にかわ》を溶いたものを使うんだ」

へえ、江戸の絵の具は膠を使うのか。

「北斎先生や阿栄さんは、泥絵の具は使わないんですか」

「ちゃんとした絵はやっぱり岩絵の具で描くよね。泥絵の具も場合によっちゃ使うよ」

「泥絵の具だけ使ってたとしたら、お実乃さんが描いてたのはちゃんとした絵じゃなかったということでしょうか」

「とは限らないけど……下絵か、習作だったかも。絵そのものは持って来なかったの？」

「全部、下手人が持ってったのかも知れません。何せ一枚もなかったので」

「一枚も？」阿栄が眉間に皺を寄せた。

「そうか。贋作の証《あか》しになりそうなものは全部始末したってわけね」

「ええ、鵜飼様の見立てでも同じです」

おゆうは頷きながらちょっと感心した。やはり阿栄は頭が切れる。

「でもね、見つけられなくて始末できなかったものがあるんですよ」

おゆうは四つの木箱を阿栄に手渡した。

「え？　何これ。落款印じゃないの」

蓋を開けた阿栄は驚いた顔で、落款印を順につまみあげ、しげしげと眺めた。

「たまげたねえ。四つとも親父どのの印だよ。本物はうちにあるんだから、こりゃあ全部偽物ってわけだ。念が入ってるねえ」

阿栄は怒るより感心していた。よほど出来がいいようだ。

「お実乃はこんなもの作れないから、印章の彫師を捜し出してとっ捕まえなきゃ」

「他の岡っ引き連中が、鵜飼様のお指図で鶴仙堂の周りを洗ってます。印章造りも、おっつけ見つかると思いますよ」

「へえ、やっぱり八丁堀の旦那は抜け目がないねえ」

阿栄は納得したように頷いた。おゆうはここで、最も気になることを聞き直した。

「あのう、ところで私に頼み事って言ってらしたのは……」

「え？　あ、そうそう」

おゆうから促されて、阿栄は天井に目をやった。どうやら言い方を考えているようだ。いったい何なのかと訝しんでいると、阿栄は心を決めたようで、おゆうの顔に目を戻し、ひと言で言った。

「描かせて」

は？　描かせてって、絵の話なのか。

「何を」

「あんた」

「え？　ああ、何だ、私ですか……って、ええっ！」

マジか。江戸時代を通じて最も有名な女絵師である天下の葛飾応為が、この私にモデルになれと！　この前、伝三郎に絵のモデルになったらどうだとからかわれたばかりなのに、早くもそれが本当の話になるなんて。おゆうはぽかんとして、ニヤニヤ笑っている阿栄の顔を、穴が開くほど見つめた。

デスクの上にどさりと証拠物件で満杯になった紙袋を置くと、優佳が入って来ても背を向けたままだった宇田川は、初めて顔を上げた。

「おう、何だ」

「何だじゃないでしょ。勝手に受けた仕事で人をこき使っておいて」

「こき使ってるつもりはないが」

しれっとして言うと、宇田川はすぐさま紙袋の中身に全ての注意を向けた。

「ふん、これは絵筆か。それと……櫛、皿は絵の具付きだな。お、ハンコみたいなものもあるな。こりゃ何だ」

「落款印って奴。サインの下に捺すハンコよ。贋作に押印するための贋物だけど。例の絵に捺してある奴と比べてみて」

「ほう、そうか」

引き出しから出した白手袋を嵌めると、宇田川は立ち上がって紙袋を脇のテーブルに移し、手を突っ込んで優佳がお実乃の家で集めたものを一つずつ、取り上げては並べていった。それらは昨夜、優佳が整理して一つずつビニール袋に入れてあった。

「で、これは？」

全部の品を並べ終わり、ざっと俯瞰《ふかん》した宇田川が聞いた。言葉は面倒臭そうだが、早くも相当な興味を惹かれたようで、目が光っている。しかし、優佳へ「ご苦労様」とか「大変だったろう」などという労いや愛想は、いつもの通り全くない。もっとも、優佳の方もすっかり慣れっこだ。

「例の贋作事件、とうとう連続殺人事件になっちゃったよ」

「殺人事件?」

さすがに宇田川は眉を上げた。

「けど、その前にあんたにひと言、言いたい」

優佳は宇田川の横に立って腕組みした。

「あんたは簡単に江戸でこの件、調べて来いなんて言うけど、誰がどうして私に調べさせてるのかって聞かれても、全然説明できないじゃないの。二百年後の美術館から頼まれましたなんて、言えっこないでしょ」

「そりゃそうだろ。で?」

何が「で?」だ。優佳の血圧が上がり始めた。

「あのねえ、もっともらしい理由を捻り出すのにどれだけ往生したと思ってるのよ。おまけにそのせいで、伝三郎との仲がもうちょっとで――」

優佳はこの数日で起きたことを、一気にまくし立てた。

「ほんっとに、あんたのおかげで大変な目に遭ってるんだからね」

全部吐き出した優佳は、大きく肩で息をした。さあ宇田川君、少しは気に病んでくれた?

ところが宇田川の反応は、やはりいつもと大差なかった。

「ふうん。確かに大変そうだな」

ああもう、感想はそれだけなの？　優佳は、伝三郎との間がこじれた状態のまま、ここに来なくて良かったと思った。そんな状況でこんな塩対応をされたら、泣き喚《わめ》くか、金属バットを振り回していただろう。

「あんたねえ……」

優佳はさらに顔を近付け、ホラー映画並みの形相を作ってもう一度宇田川を睨んだ。宇田川は何も言わず目を逸らしたが、別に恐れおののいている様子はない。

まったくもう、何て奴だ。優佳はどっと溜息をついた。暖簾に腕押しもいいところで、馬鹿馬鹿しくなってきた。まあ、みんなぶちまけて悪態をついたおかげで、いくらかはすっきりした。それができる相手はこの男しかいないわけだから、少しは役に立っていると言えなくもない。

「で、肝心の北斎の証言は」

「あ、忘れてた。あの絵、本物だって言ってるけど」

優佳はあっさりと一言で片付けた。問題が真贋論争だけなら、決着はもうついたも同然だ。だが勿論、これでは終われない。三厨に向かって、問題の絵は北斎本人が本物だって言ってますから、どうぞご安心を、なんて言えるか。

「そうか。やっぱり本物か」

「いや、厳密にはすり替えがあったかどうかの確認まではできてないの。可能性は低いけど。それに、三厨さんに何て話せばいいのよ」

「それを考えるのも料金のうちだ。あんたの仕事だよ」

優佳は思わず部屋を見回して、金属バットを探した。宇田川にとって幸いなことに、そんなものはなかった。

「こっちはこいつを分析する。指紋とＤＮＡ、必要だろ」

「ああ、それはお願い。こうなった以上、殺人事件も解決しなきゃいけないんだから」

「ま、それは任せろ」

宇田川はまたあっさり言うと、まず絵筆を摘み上げた。

「あ、それからもう一つ」

宇田川は絵筆をしげしげと眺めながら、「ん」と生返事をした。

「私さあ、葛飾応為の絵のモデル、することになった」

宇田川が振り向いた。そして、たっぷり五秒間優佳の顔を見つめると、「あ、そう」と言って、また絵筆に戻った。


阿栄が絵の道具一式を揃《そろ》えておゆうの家に来たのは、その翌日だった。

「こんちはぁ。おゆうさん、お邪魔するよぉ」

威勢のいい声と共に表戸を開けて入って来た阿栄は、とりあえずお茶でもと台所へ行きかけたおゆうを止め、そんな気遣いはいいからと、奥側の六畳間へ誘《いざな》った。

「こっちこっち。明るい側へ座って」

阿栄はおゆうを障子の傍に座らせると、自分も対座する形で膝をついた。それから改めておゆうを頭のてっぺんから膝元まで、しげしげと眺めた。

「うーん、やっぱりあんた、綺麗だねえ。岡っ引きなんかやらせとくの、勿体ないなあ」

「えー、いえ、そんな、あははは」

気分よくさせるためのお愛想かな、と思いつつ、人を描くのが商売の女絵師から綺麗だね、なんて言われると、ついついその気になってしまう。何だか、篠山紀信《しのやまきしん》に撮ってもらうグラビアモデルみたいな気分がしてきた。

「普段着だけど、これでいいかしら」

とは言いながら、着ているのは黒襟を付けたちょっと上等の小紋である。さすがに使い捨てカイロやヒートテックのインナーなどの秘密兵器はやめておいた。今日は小春日和なのが有難い。

「充分、充分。あら、こうして見ると肌も綺麗だねえ。よーし、それじゃ思い切って見せちゃお」

「えっ」

見せちゃう？　何だかほんとにグラドルみたいになって来たぞ。そりゃまあ、ちょっとは自信あるけど、いきなりそれは、なあ……。

「えっ、えーと、いいんですけど、いや、やっぱり脱ぐとなると、心構えがその……」

どぎまぎしながら言うと、阿栄は「はあ？」という顔になった。

「誰も脱げなんて言ってないけど」

結局、胸元から襟までを広げてうなじの線を出す、という辺りで済んだ。江戸の水準では、これでもなかなかセクシーだろう。小春日和とは言え、こうすると少々寒いのが難だが。

ポーズが決まると、阿栄は襷《たすき》がけをして、板に水張りした紙に向かった。まず用意されているのは墨だ。これで輪郭を作ってから色を入れていくらしい。

「じゃあ、しばらくそのままで」

阿栄はそう言うと、筆を取り上げておゆうをじっと見た。おゆうはほんの少し、たじろいだ。阿栄の顔つきが変わっている。目が鋭くなり、真剣さを表すような強い輝きを放っていた。これがプロの顔か、とおゆうは思った。

阿栄は紙に目を落とし、墨を含ませた筆先を紙に付けると、すうっと一気に滑らせた。現代なら鉛筆で輪郭をスケッチして、気に入らない線は消しゴムで消せばいいのだが、墨しか使わない、ということは一発勝負だ。失敗すれば紙を取り換えて一からやり直すしかない。内心、そんなこと本当にできるのかと思っていたのだが、阿栄の筆はためらいなく紙の上を走って行く。

そう時をかけずに、おゆうの体の輪郭が紙に浮かび上がった。阿栄はいったん体を起こし、出来栄えを確認して、微かに口元を緩めた。ここまで、迷いなし。失敗なし。さすがだ。

阿栄は再びおゆうの全身にくまなく目をやってから、紙に挑んだ。細部の線を入れていくようだ。時々おゆうの方をちらりと、あるいはじっと見ては筆を動かす。何度か目が合ったが、話しかける空気ではなかった。おゆうは阿栄の仕事ぶりに感心しながら、じっと動かずに辛抱した。

ほぼ線画ができたかな、と思って見ていると、阿栄は全体の具合を確認してから、紙を板から外し、新しい紙を張った。それからまた、おゆうの姿を丹念に見直し、改めて筆を走らせ始めた。どうやら、構図や角度を変えて何枚か描いてみるらしい。たぶんその中で一番気に入ったものを最後まで仕上げるのだろう、とおゆうは思った。

半刻余りも経ったろうか。三枚の下絵を描いた阿栄は額を拭い、軽く息を吐くと筆を置いた。

「よし、おゆうさん、疲れたでしょ。ちょいと一休み」

やれやれ、助かった。長時間ただじっとしているのは、結構辛い。絵のモデルというのは、思ったよりしんどい仕事のようだ。

「ふう。それじゃちょっとはばかりに行っていいですか」

「あ、ごめん。行って行って」

阿栄は頭を掻いた。絵に集中すると気遣いが飛んでしまうのを自覚しているようだ。おゆうはいいですよと笑みを見せ、トイレに立った。

戻って来ると、阿栄は色付きの土の塊のようなものを砕いて絵皿に移しているところだった。液状にした膠の臭いが、鼻をついた。

「あ、それが岩絵の具ですね」

「そう。これを膠で溶いて塗っていくんだ」

岩絵の具は現代でも日本画に使うが、一般的なチューブ入りの絵の具とは趣がだいぶ違う。江戸で絵の具は何度か見ているが、絵師が使うのをこうしてじっくり見るのは初めてだった。おゆうは絵を覗き込んだ。

「へえー、凄い。さすがですねえ……あ、これってもしかして、版画になるんですか」

「え？　ううん、一枚ものだよ。版画にする絵ってのはさ、版元からの注文で描くんだよ。これは注文じゃなく、あたしが描きたいから描いてるんだ。それにさ、あんた十手持ちだろ。江戸中に顔が知れ渡っちゃ、差し障りもあるんじゃないの」

それはそうだ。人気グラドルになってしまったら、張り込みや聞き込みに支障が出る。最初から考えておくべきだった。伝三郎に大目玉を食らうところだ。

「それじゃあ、出来上がった絵は阿栄さんが？」

「うん、売ってほしいって人があれば売るかも知れないけど、好きで描いたんだから持っておくよ。あ、あんたの旦那が買うかな？」

阿栄はそう言って片目をつぶって見せた。ありゃ、伝三郎とのこと、阿栄さんも知ってるのか。あ、お栄さんが喋ったんだな。もしかすると、私たちの仲を知ってたからこそ、この前は助けてくれたのかな。

「さあー、どうでしょうかねえ」

おゆうは曖昧に応じて話を変えた。

「版元以外からの絵の注文も、たくさんあるんですか」

「うん、軸とか屛風絵とかね。あたしの方はそうでもないけど、親父どのにはたくさん来るねえ」

「やっぱり大店とか、お武家ですか」

「うん、お大名からも頼まれること、あるよ」

「へえ、お大名からも」

素直に驚いた。さすがは北斎だ。番屋で伝三郎たちにした作り話には、それなりの根拠があったわけだ。

「お殿さま相手じゃ、気を遣いますねえ」

それを聞いて阿栄は、可笑《おか》しそうに手を振った。

「あの親父どのが、そんなのに恐れ入ったりするもんかね。却《かえ》って向こうの方が気遣いしてるよ。ただ、金払いが悪いのは居るけど」

へえ、そんなものか。江戸時代の大名の殿様なら、権柄ずくで思い通りにするのかと思うが、実際のところそうはいかない、ということか。

「お殿様より大店の方に、時たま気に食わないのが居たりするけどね。何て言うかほら、慇懃《いんぎん》無礼っての？　言葉つきは丁寧なようだけど、すごく厭味《いやみ》ったらしい奴って居るだろ。自分は金持ってるから、言うこと聞いて当り前、とか思ってるようなのがさ」

「ああ、それは居ますよねえ。そんな奴の注文が来たら、どうすんです。一応、受けるの？」

「相手によりけりだねえ。あんまり鼻持ちならないのが来たら追い返すし、一応受けたけどだいぶ待たせた揚句にやっぱり描けない、なんて言ったこともあるよ。いい絵ってのはさ、気分が乗らなきゃ描けないよ。でもって、あの親父どのはいい絵しか描こうとしないわけだから」

なるほど。北斎らしいと言えば北斎らしい。

「そう言えば、三月前だったか四月前だったか、そういうのが来たよ。唐物商か何かだったなあ。当人じゃなくて、誰か世話になってる大店の代理で注文しに来てたんだけど、どうも高飛車な感じでさ。すごい立派な大店が名指しで頼むんだから、一番でやってくれるのが当然みたいな。で、やっぱりと言うか、親父どのったら臍《へそ》曲げちゃって」

「断ったんですか」

「叩き出した、の方が近い」

それは相当気に障ったと見える。その唐物商とやらは、最優先で絵を描かせてバックの大店の主人の覚えをめでたくし、点数を稼ぎたかったのだろう。相手を考えてものを言わねば駄目だ。

「何だかよくわかんないけど、どうしても親父どのの絵が欲しかったらしいね。川や街並みの景色を描いたのがいいとか言ってたような」

川と街並みの風景画？　おゆうの頭のアラームシステムが、静かに反応した。

「あのう、その唐物商って、屋号は何と」

「え？　えーと何だっけ……梅……梅屋《うめや》だったかな。何で？」

「あ、いえね、そんなこと言ってくるような奴、誰なんだと思って」

「ふうん。ま、大した奴じゃないよ。さて、そろそろ続きにかかっていいかな。悪いけどもうしばらく辛抱して」

阿栄にとっては唐物商の話など、どうでもいいようだ。おゆうは、はいはいと姿勢を直し、元通りのポーズをとった。明日の朝には体が強張っていそうだ、と思った。

「ようし、もういいよ。お疲れさま」

下絵から一枚を選んで色を入れていた阿栄が筆を置いたのは、休憩から一刻近く経ったかと思う頃だった。おゆうはほっとして、痺《しび》れかけていた足を崩した。実際には一刻も経っていないだろうが、じっとしていると時間の流れが遅いことこの上ない。

「見ていいですか」

興味津々で首を伸ばした。

「いいよ。仕上げはうちに帰ってやるから、出来上がりってわけじゃないけど」

阿栄はそう言ったが、絵を見たおゆうは「ほうっ」と感嘆の息を吐いた。

国立美術館で目にするような、本物の浮世絵の美人画が、そこにあった。江戸の美人画と言えば真っ先に浮かぶのは歌麿の作品だが、おゆうの頭にあるそれらのイメージに比べると、阿栄の絵はより緻密で、濃淡のメリハリも強いような気がした。古来の日本画より、いくらか西洋画に近いのかも知れない。何よりも、そこに描かれているのが自分だ、ということが信じられないような気がしてきた。

「そんなに見つめちゃ穴が開いちまうよ」

食い入るように見ていたらしく、阿栄が苦笑した。

「あ、ごめんなさい。あんまり見事だったんで。これ、ほんとに私？」

おゆうは照れ笑いして顔を上げた。

「男どもがこれを見たら、実物見たさにこの前の路地に行列を作るかもね」

出来栄えに満足しているらしく、阿栄はそんな軽口を叩いてニヤリとした。

七

「源七と松次郎に、鶴仙堂の周りを嗅ぎ回らせたんだがな」

おゆうの家で、火鉢に手をかざしながら伝三郎が言った。火鉢の隅では、この前と同じく、ちろりが袴をはいて鎮座している。今日はこの前のように、燗をしたまま忘れ去られることはないだろう。

「贋作が出ましたか」

おゆうは盃を載せた盆を脇に置くと、火鉢を挟んで伝三郎と向き合った。こうしてこれまで通り、伝三郎と二人で事件の話ができるようになったのは阿栄のおかげだ。当分、足を向けて寝られない。

さっき伝三郎が、何事もなかったかのように「よう」と入って来たときは、本当に嬉しくて涙が出そうになった。おゆうは迎えに出たとき上り口に伏して、「鵜飼様、本当にすみませんでした」と改めて詫びた。それを見た伝三郎は驚いた様子で一歩引き、「よせやい。そこまで丁寧にされると落ち着かねえや」と頭を掻いた。わざとオーバーリアクションをして、おゆうの気持ちを軽くしてくれたのだ。こんなちょっとした気遣いが嬉しい。

「ああ、贋作を描いたらしい奴は見つけた。松島町《まつしまちょう》の高圓《こうえん》と、芝口《しばぐち》の光胤《みつたね》って絵師だ。二人とも、腕は悪くねえが身持ちがどうも良くねえんで、金回りはさっぱりだ。ところが、急に羽振りが良くなることが年に二、三度あるらしい。たぶんそれが、贋作を描いて礼金をせしめたときなんだろう」

「鶴仙堂がその連中を雇ってたんですね」

おゆうはちろりを持ち上げ、ほどよく燗ができた酒を伝三郎の盃に注いだ。伝三郎はそれをさっと啜って、目を細めた。

「冷えてくると、これが一番だなあ」

伝三郎はちろりを取って、おゆうにも酒を勧めた。微笑んで盃を出す。さしつさされつ、ほんのり頬に朱がさす。

（だけど……アツアツ、と言いたいのにどうも寒いなあ）

隙間だらけの江戸の家は、火鉢一つぐらいでは部屋が暖まらない。この燗酒がなければ布団でも被っていたいくらいで、色気のないこと甚《はなは》だしい。

（やっぱり、炬燵買おう）

日本の冬は、炬燵に限る。伝三郎と二人、ただ火鉢に当たるのと炬燵に入るのとでは、雰囲気が全然違う。炬燵で寄り添って暖まれば、二人の仲もぐっと近付こうというもの。ただし、この時代の炬燵は丸火鉢の上に木組みのやぐらを置き、布団を被せるというもので、中で足を伸ばしてじゃれ合ったり、天板に置いたみかんを剝《む》いて仲良く食べるのは、「赤外線ホームこたつ」が登場する一九六〇年代まで待たなくてはならない。

「けどなあ、その二人をしょっ引いて締め上げたんだが、なかなか吐かねえ。何しろ、動かぬ証し、って奴がねえんだよ」

「え？　家捜ししても何も出なかったんですか」

「ああ。鶴仙堂が殺されたと聞いて、危ねえものは処分しちまったらしいや。どうも一歩遅かったようだな」

「まあ、贋作って紙に描いた絵ですから、燃やせばしまいですもんねえ」

「こう言っちゃなんだが、お実乃の家で下手人が落款印を見つけ出す暇がなかった、ってのは運が良かったんだな」

お実乃殺しは夜遅くだから、町木戸が閉まる前に逃げようとすれば、あまり時間はなかったろう。下手人は、落款印を処分し損ねたことに気付いているだろうか。

「鶴仙堂から贋作を買った人は、見つからないんですか」

「そいつも簡単にはいかねえや。あの店は、主人の鶴仙堂の他は丁稚が一人と、通いの下女が居るだけだ。二人とも店先の流行らねえ商売のことしか知らねえし、店を調べても絵の売り先を記した帳面がねえんだ。そりゃあ、鶴仙堂もそこまで親切じゃねえわな」

確かに、頭で覚えきれないほど大量に贋作を売っていたのでなければ、わざわざ証拠を書き残すことはあるまい。

「だがな、鶴仙堂の表の商売に似つかわしくねえ大店の主人が、たまに出入りしてたそうだ。小僧と、向かいの店の番頭がそのうちの二、三人を覚えてた」

「それじゃ、その人たちが鶴仙堂に騙されて贋作を買ったかも知れない、と？」

伝三郎が盃を持ったまま頷く。

「まさしく、かも知れない、って話だがな。そいつらに買った絵を見せろと言えねえこともねえが、贋作と見抜ける目利きを捜して出張ってもらわなきゃなるめえ。ちっと面倒だな」

「目利き、ねえ」

おゆうはちょっと考え込んだが、はたと膝を打った。

「できそうな人を、一人知ってますけど」

南伝馬町《みなみてんまちょう》の太物問屋、浅倉屋《あさくらや》は間口二十間近い大店で、店先の出入りも賑やかだった。暖簾の向こうに、仕入れに来た行商人らしいのや、綿織物らしい数種類の布地をためつすがめつしている婦人客と接客する番頭の姿が、ちらちら見える。おゆうと伝三郎は、ここの主人が鶴仙堂に来ていた一人だと聞いて、今しも店に立ち入ろうとしているところだった。そしてその脇に、もう一人。

「目利きってのがお前だとは思わなかったな」

伝三郎が首を傾げながら阿栄に言った。言われた阿栄も、照れたような困ったような顔でおゆうを見た。

「手を貸してって言うから来たけど、ほんとにあたしでいいのかねえ。絵の目利きなんて、やったことないよ」

「でも、もし浅倉屋さんが買わされたのが北斎先生の贋作だったら、阿栄さんほど確かな目利きはいないでしょう」

おゆうは大丈夫ですよと請け合った。阿栄と伝三郎は、揃ってまた首を傾げた。

「北斎の贋作とは限らねえだろ。むしろ、もっと高値の骨董じゃねえのか」

「そうだよ。あたしが自信持って見分けられるのは、親父どのの絵だけだよ。誰か居ないの、そういうのに詳しい風流人の爺さんとかさ」

「そんな心当たりがないんですよ。阿栄さんは本職の絵師なんだから、下手な趣味人よりよほど見る目があるでしょう」

「そう言われても……」

「ああもう、こんなとこで四の五の言っててもしょうがない。とにかくモノを見てみましょうよ」

まだ自信なさそうな阿栄と、疑わしげな様子の伝三郎を急き立てて、おゆうは浅倉屋の暖簾をくぐった。

「さて、どのようなご用向きでございましょう。番頭から聞きましたところでは、何か絵にまつわるお話とか」

奥座敷で応対に出て来た浅倉屋藤兵衛《とうべえ》は、愛想はいいものの、どこか訝しげな色を浮かべて言った。

「それなんだが、お前は鶴仙堂を知ってるよな。先日殺されたんだが」

浅倉屋は、福々しい丸顔に驚きの表情を浮かべた。

「鶴仙堂さんのことでございましたか。では、あの一件のお調べで」

「まあ、そうだ。鶴仙堂は表に出ねえ形で絵を売ってたようだが、お前さん、人目に立たねえように鶴仙堂に出入りしてたらしいな。あいつから絵を買ったんだろ」

伝三郎は余分な回り道はせず、正面から切り込んでいった。この攻勢は効いた。浅倉屋は一瞬ぎくりとしたものの、隠そうとはしなかった。

「あ……はい、ご存知でしたか。ほとんど誰にも知らせておりませんでしたのに」

浅倉屋は三十過ぎの年恰好《かっこう》で、体型はかなり丸っこい。そのせいか、人の好いボンボンに見えるのだが、今、その顔には困惑が浮かんでいた。

「その絵がいったい……」

「どんな絵なんだ。見せてくれるか」

有無を言わせぬ鋭さで伝三郎に言われ、浅倉屋は考える間もなく、はい、わかりましたと返事した。言ってから少し逡巡《しゅんじゅん》していたが、やむを得ないと思ったか、少々お待ち下さいと告げて奥へ引っ込んだ。

「どう思います」

おゆうが小声で囁《ささや》くと、伝三郎は浅倉屋が引っ込んだ方を見ながら言った。

「見せびらかすんじゃなく、人目につかねえよう奥にしまってあるようだな。てことは、余程の値打ちもの、と鶴仙堂に吹き込まれてるのかも知れねえ。ちょいと楽しみになってきたぜ」

横で阿栄も「まあ、そんなところでしょうね」と呟いたとき、浅倉屋がどたどたと足音を立てて戻って来た。手には掛け軸が入っているらしい箱を、恭しく捧げ持っている。

「こちらでございます。なにぶん貴重なものですので、それはお含み置きを」

勿体ぶるように言って畳に置いた箱の蓋をとり、掛け軸を出すと、じれったいほど丁寧な手つきでそうっと広げた。現れたのは、水墨画だった。唐風の絵柄の山水画だ。手前に谷川が流れ、重なり合った岩肌の向こうに、塔のような岩壁が見える。中程に、庵《いおり》らしき建物が描かれていた。仙人の住処《すみか》という趣《おもむき》だ。どこかで見たような雰囲気の絵だな、とおゆうは思った。無論、北斎の画風とは似ても似つかない。

「こいつを鶴仙堂から買ったのかい」

「さようでございます。普通では手に入らぬものが、その、いささか訳あって幾人かの人を介し、鶴仙堂さんのもとへ参ったということで」

浅倉屋はそれ以上詳しくは言わなかった。額に汗が浮いている。

「ははあ、鶴仙堂さんは表立っては言えないような事情で入手された、ということですね。だから浅倉屋さんにお譲りしても、決して他人に見せびらかしたりせず、お一人でこっそり楽しまれるように、と、そんな話だったんじゃありませんか」

おゆうに指摘されると、浅倉屋は見てわかるほどうろたえた。隠し事の下手なお人だ。

「で、こいつはどういう絵なんだ」

伝三郎に問われると、浅倉屋は気を取り直して背筋を伸ばし、咳払いをしてからいかにも厳かな調子で言った。

「雪舟《せっしゅう》でございます」

「雪舟ですって？」

おゆうは思わず声を上げた。道理で見たような絵柄だと思った。しかし、雪舟なんて現代じゃ国宝級、いや違った、正真正銘の国宝だ。いくら江戸時代でもそんな簡単に……。

ふと気が付くと、阿栄が吹き出すのを堪《こら》えているようだ。浅倉屋はそれには気付かず、うっとりしたように絵を眺めている。伝三郎はこういうものはよくわからないらしく、曖昧な表情を浮かべていた。

「で、鶴仙堂から幾らで買ったんだ」

「はい、百両でございます」

「百両！」阿栄が驚きも露わに叫んだ。

おゆうと伝三郎は、思わず顔を見合わせた。一枚の絵としては、随分な値段だ。他の客からもそのぐらい取っていたとすると、鶴仙堂はかなり荒稼ぎをしていたようだ。そんな値で贋物を摑まされたとわかれば、殺されるほどの恨みを買ってもおかしくはない。

さてどうします、とおゆうは目で伝三郎に問うた。伝三郎は微かに頷いた。ここはもういい、ということだ。了解したおゆうは、阿栄の方を見た。阿栄もこの呼吸を察したようだ。おゆうに向かって頷きを返した。

「よし、わかった。そんな貴重なもんだってんなら、もうしまっとけ」

「え、はい、よろしいのですか」

唐突に話が終わったことに、浅倉屋は戸惑っているようだ。だがすぐに、これ幸いと掛け軸を丁重に巻き直して箱に納めた。

「では、特にお疑いということはないのですね」

浅倉屋は、見るからにほっとした顔で念を押した。どうやら、大事な絵を押収されたりしないかと心配していたらしい。伝三郎は顔の前で手を振った。

「なあに、疑いとかそういうんじゃねえんだ。鶴仙堂の商売について、ちょいと確めたかっただけさ。また何か聞かせてもらうかも知れねえが、今日のところは用事は済んだ。邪魔したな」

　伝三郎はそれだけ言っておゆうと阿栄を促し、席を立った。三人は、さっきより倍ほども愛想のいい笑顔を浮かべた浅倉屋に送られて、店を出て行った。

　しばらくの間黙って歩いてから、伝三郎は脇道に入って最寄りの番屋の戸を開け、おゆうと阿栄を招じ入れた。市中見回りでよく立ち寄るのだろう。おゆうと阿栄は、伝三郎を挟む形で上がり框に腰を下ろした。

「さてと、どうだい。あの絵は贋作かい」

　改めて聞かれると、阿栄はさも当然、というように大きく頷いた。

「案ずるより産むが易し。あれはあたしでもわかりましたよ。いかにもそれらしく描いてあるけど、筆に流麗さと言うか、品がありません。上っ面を撫でただけって感じですね」

「つまり、私たちみたいな素人は騙せても、阿栄さんみたいな本職の絵師が見ればわかる、ってことね。浅倉屋さんに人には見せびらかすな、と言ったのは、目の利く人に見られて贋作がばれたら困るからですね」

　おゆうはさっき阿栄が吹き出しそうになっていたのを思い出した。プロから見れば、笑止千万だったのか。

「贋作としちゃ、中くらいですかね。でも、よりによって雪舟ですよ。お大名でも手に入らないってほどのものが、そんなおいそれと出てくるもんですか」

「浅倉屋は見る目がなかったわけか」

阿栄は小馬鹿にしたような笑みを浮かべた。

「居るんですよねえ、ああいうの。絵が好きだってのはいいんだけど、ちょっとかじっただけで一端《いっぱし》の風流人になったと思い違いして。誰かいい先生に付いて目を養えばものになるだろうに、なまじ金があるもんだから、変な自信持っちゃうんですよ」

「鶴仙堂みたいな連中にとっては、格好のお客様ですね」

「それにしても、百両たァふっかけたな。浅倉屋もよく払ったもんだ」

伝三郎が呆れたように言った。が、阿栄の考えは、全然違ったようだ。

「ふっかけた、ですって？」

阿栄は大袈裟《おおげさ》に目を丸くして見せた。

「もし百両で本物の雪舟が買えるんなら、あたし、親父どのを質に入れても百両用意しますよ。競《せ》りにでもなったら、千両を軽く超えちまうでしょうね。そんなことも気付かないんだから、あの浅倉屋さんは骨董なんかに手を出しちゃ駄目ですね」

阿栄はそう言ってからからと笑った。が、しばらく笑ってから、真顔になった。

「けど……一枚で百両も稼いでたのなら、どうして親父どのの贋作なんか描かせたんだろ。売ったって、その十分の一にもなりゃしないのに」

番屋を出る頃には薄暗くなっていた。そろそろ暮れ六ツだ。阿栄と別れたおゆうと伝三郎は、日本橋通りを東に入って佐内町《さないちょう》の料理屋に入った。伝三郎としては、おゆうを追い詰めた詫びのつもりらしい。元はと言えば自分のせいなのでおゆうは申し訳ないと思ったが、ここは黙って有難くお受けすることにした。阿栄も今日の礼にと誘ったのだが、北斎に何か夕飯を買って帰ると言うので、伝三郎が鴨肉《かもにく》を買って持たせてやった。

「唐物商の梅屋？　何者だい、そいつは」

差し向かいで葱鮪《ねぎま》鍋をつつきながら、おゆうが口にした名前に伝三郎は首を傾げた。

「何者かは知らないんですけど、北斎先生のところへ絵を注文しに来たそうなんですが」

おゆうは阿栄から聞いた話を、伝三郎に語った。

「ふうん。で、その高飛車な奴がどうしたってんだ」

話が見えないようで、伝三郎は気のない問い方をした。おゆうはもう少し突っ込むことにした。

「どうも気になるんですよ。世話になってる大店に頼まれた北斎先生への注文を、けんもほろろに断られたんですから。そのままじゃその大店に顔が立たないから、梅屋さんとしては詫びを入れて改めて北斎先生に頼みに来るのが筋でしょう。でも、それきり来ないんですって」

「それがそんなに大層なことかい。ただ諦めただけだろう。北斎は偏屈だって噂だから、一度追い出されたらもう駄目だって思ったんじゃねえのか」

「北斎先生は、巷《ちまた》で言われてるほど偏屈じゃありませんよ。言うことは筋が通ってるし、気を悪くして断っても、後からきちんとお詫びすれば、大抵は受けてくれるんだそうです」

「そういうことを知らなかったか、北斎は生意気だって、頼み人の大店の方が臍を曲げたのかも知れねえやな」

「そりゃま、そうですけど……でも、阿栄さんの話じゃ、一度蹴られたっきり放りっぱなし、なんてのは今まで滅多になかったようなので」

「何がそんなに気になるんだい。大した話じゃなさそうだが」

伝三郎はまだ興味を惹かれない様子で、注がれた酒を啜った。

「阿栄さん、言ってましたよね。北斎先生の贋絵を作って売っても、それほど儲《もう》けにはならないんじゃ、って。売って儲けるつもりで贋絵を作ったんじゃないかも知れない、と思ったんです」

「何だって？」伝三郎の眉間に皺が寄った。

「てことは、だ。お前、その梅屋とかいう奴が北斎に断られたんで、鶴仙堂に贋絵を用意させて、それを頼み人の大店に渡したんじゃねえか、なんて考えてるのか」

やはり伝三郎は飲み込みが早い。だが、納得は全然していないようだ。

「おいおい、いくら何でも北斎の機嫌を損ねたくらいで、そこまで面倒なことをするかい。もし万一、贋作だってことがその大店にばれたら、それこそぶち壊しだ。手間暇かけて危ない橋を渡るより、北斎に頭を下げた方がよほどいいじゃねえか」

「ええ、それは……確かに。でも、鶴仙堂がわざわざ北斎先生の贋絵を作る理由が、どうも思い付かなくて」

理屈では、伝三郎の言う通りだ。だが、やはり気にはなる。梅屋は結局、北斎の絵をどうしたのだろう。もし鶴仙堂に贋作を依頼し、それを頼み人の大店に本物と信じさせるために書かれたのが例の文書だとしたら、一応の辻褄《つじつま》は合うのだが。

「それにしてもちっと乱暴だろう。梅屋と贋作を結び付けるなんて、これといった証しも何もなしの、ただの想像じゃねえか」

「はあ、おっしゃる通りですね」

一刀両断にされて、おゆうは返す言葉がない。あの文書にたまたま合いそうな話、というだけでは根拠にならない。何だか凹《へこ》んでしまった。

「そんな顔するなよ。お前、なまじ頭が良過ぎるから、いろんなことをややこしい方に考えちまうんじゃねえのかい」

伝三郎はそう言って笑った。これは褒めてるのか、けなしてるのか。

「そう言や、あの阿栄もだいぶ頭が良さそうだな。芯も強そうだし気風《きっぷ》もいい。お前に良く似てるじゃねえか」

阿栄と似てる？　それは自分でも思わなくもなかった。良く似たキャラだから、話が合うのかも知れない。

「ま、容姿《なり》はどう見てもお前の方が別嬪だけどな」

「鶏飼様ったら！」

伝三郎の表情からすると、からかわれているようでもあるが、こうはっきり言われれば悪い気はしない。

「梅屋って奴がそんなに気になるんなら、捜して話を聞きゃあいいさ。ひょっとして手掛かりの一つでも出ねえとは限るまい」

「そうですね。そうしてみます」

「さて、それじゃゆっくり鍋をいただくとしようぜ」

おゆうは、はい、と微笑んで、鮪と葱を鍋に足した。醤油出汁《しょうゆだし》のいい香りが座敷に満ちている。

「梅屋？　唐物商の？　いや、知らねえな。けど、唐物商なら東屋《あづまや》ってのを知ってるぜ。伊勢町《いせちょう》だ。そこで聞きゃあ、わかるだろう」

源七に言われて、思い出した。そう言えば、伊勢町の通りで唐物の看板を見たことがある。おゆうは早速出向いた。伊勢町なら、家から十町足らずだ。

東屋は店としてはそう大きくはない。奉公人も三、四人というところだろう。棚にはガラス細工の小間物や、いかにも唐風の器などが並んでいる。唐物とは、美術品から日用品まで輸入品全般に加え、唐風の国産品までひっくるめて指すので、幅が広い。ここの品ぞろえを見ると、雑貨の扱いが主らしい。店主は店先に出ていたので、すぐに話ができた。

「梅屋さんですか。はい、存じております。お店は確か南大坂町《みなみおおさかちょう》です。同じ唐物屋ですが、手前の店とは少し違いまして、茶碗とか絵なども扱われます」

東屋よりは高級品を扱う店らしい。絵も扱う、というところにおゆうはチェックマークを入れた。

「絵を扱っておられるということは、絵の方の売買をされる方や、絵師の方ともお付き合いがあるのでしょうか」

「さあ、それは」

五十がらみの小柄な東屋の主人は、顔に作り笑いを浮かべたまま、首を傾げてみせた。

「梅屋さんとは、親しくお付き合いをさせていただいているわけではありませんので……」

その言い方に、おゆうは内心、これは好都合かも、と思った。東屋の言葉の裏には、どうやら梅屋を好ましく思っていないことが垣間見えた。人は、好きな人物より嫌いな人物に関わる話の方が、口が軽くなるものだ。

「まあ、絵師の方々とはお付き合いはありますまい。外から入って来た絵をただ売るだけですから」

果たして、東屋はこちらから促さないうちに先を続けた。

「絵の商売の方でも、大きな版元とか名のある骨董商の方々とか、そういうお付き合いはなさそうでございますな」

ふむ、絵に関しては梅屋はあまり太い商いはしていない、ということか。

「むしろ、その……いささか噂のあるお店と近しくしておられる、という話はございますが」

「噂のあるお店？　例えば、鶴仙堂さんのような」

東屋の笑みが、一瞬ぴくりと強張った。

「これは、ご存知でございましたか。さすがは親分さん、確かに鶴仙堂さんとはお付き合いがあるように聞いております。先日殺されなすったそうですな。恐ろしいことで」

それから東屋は少し声を低め、身を乗り出した。

「もしや、そのお調べで？」

「他言無用にお願いします」

聞かれるのを予想していたおゆうは、勿体をつけて言った。東屋はそれで全てを察したような顔になると、万事心得ておりますとばかりに深々と頷いた。

「絵の方以外で、商いの上で梅屋さんが特にお世話になっている大店に、お心当たりはありますか」

これには東屋は、ああ、とすぐに答えた。どうやら業界では皆知っていることらしい。

「それは西海屋《せいかいや》さんでございましょう。近頃は、よく出入りなすっているようです」

「神田鍋町《なべちょう》の西海屋さんですか」

西海屋なら、おゆうも良く知っている。と言うより、唐物問屋の西海屋と言えば、江戸で知らぬ者の方が珍しい。長崎《ながさき》にも店があり、出島の管理者である乙名《おとな》衆《しゅう》とも太いパイプを持つ一流の大店だ。扱い品目は美術工芸品から香料、雑貨など多岐にわたり、本石町《ほんごくちょう》の長崎屋《ながさきや》が独占している唐人参などの薬種以外の、唐物全般を商っていた。

「かなり深いお付き合いなのですか」

「深いと申しますか……梅屋さんは、こう申してはなんですが、西海屋さんの雑用を何かと引き受けておられるようで……いやまあ、そのように噂する方々が」

「そうですか、雑用ねえ」

噂する方々、などとぼかしているが、東屋自身が聞き込んだ話だろう。つまり、梅屋は西海屋の腰巾着というわけだ。業界一の大店に露骨に取り入ろうとする輩《やから》を、同業の東屋が快く思うわけがない。

「では、西海屋さんが何か頼みごとをするときは、梅屋さんが使いに立ったりすることもあるんですね」

「さようでございます。店の者がやればいいことでも、梅屋さんが手を挙げて請け負ったりするようで」

「へえ、そうなんですか」

そういうことなら、梅屋が北斎に言った「大店」は西海屋だと思って良さそうだ。北斎の絵が欲しいなら番頭か手代を使いに出せばいいのに、梅屋がしゃしゃり出て話をこじらせてしまったわけか。西海屋も、唐物の絵を扱っている梅屋なら絵の注文には役に立つ、と思ったのだろうか。しかし梅屋は絵師との付き合いがないので、北斎のことも良く知らなかったのだろう。

東屋はさらに幾つか、梅屋の噂話を語ってくれたが、それ以上価値のありそうな話はなかった。少なくとも、この業界で梅屋の評判はあまりよろしくなさそうだ。

「よくわかりました。ありがとうございました」

「お役に立ちましたでしょうか。……あ、少々お待ちを。折角のお越しでございますし、親分さんは失礼ながら大変お綺麗な方でいらっしゃいますので、如何でしょう。こちらの阿蘭陀《オランダ》渡りの化粧道具などは……香水なども揃えてございます。親分さんですから、お安くさせていただきますが」

「あ、いえいえあの、どうぞお構いなく。今日はこれで失礼いたします」

急に商売熱心になった東屋を振り切って、おゆうは表通りに出た。阿蘭陀からの輸入化粧品なら江戸では高級品だろうが、平成のコスメには比べるべくもあるまい。

南大坂町は平成の東京では銀座《ぎんざ》八丁目辺りになる。東屋から日本橋通りに出て南へ、延々二十町余りを歩き続けてきたおゆうは、「唐物　梅屋」という看板を見つけて、ふう、と息をついた。ここは山下町の鶴仙堂からほんの三、四町で、確かに梅屋と鶴仙堂とに付き合いがあっても頷ける近さだ。

梅屋の主人は、基次郎《もとじろう》というらしい。その基次郎に会って、西海屋から北斎の絵を頼まれたのか、北斎に断られた後、どうしたのかを聞けばいい。追及すれば、鶴仙堂に贋作の手配を頼んだことも白状するかも知れない。

よし、とおゆうは梅屋に向かって一歩踏み出しかけた。が、そこで足を止めた。そんな単純なアプローチでいいのだろうか。しばらくの間、おゆうはそのまま思案を続けた。そして、通行人が怪訝な顔を向け始めた頃、心を決めてさっと踵《きびす》を返した。


「え、梅屋には行かなかったのか。お前のことだから、早速梅屋を見つけて大方の話を引き出してるだろうと思って寄ったんだが」

その日の夕刻、いつもの通りおゆうの家に上がった伝三郎は、意外そうな顔をした。

「いえね、店の前までは行ったんですよ。でも、いま直に梅屋さんに会うのはやめておきました」

「どうして」

「梅屋さんがもし北斎の贋作を鶴仙堂に頼んでいたとしたら、それを認めれば西海屋さんを騙して贋作を摑ませたってことになりますよね」

「北斎の絵を頼んだのが西海屋だったら、そうなるわな」

「それが西海屋さんの耳に入れば、梅屋はいっぺんでおしまいです」

業界のボスを騙したことがばれたら、梅屋はもう商売ができないだろう。

「つまり、梅屋を揺さぶっても、そんなことは死んでも吐かねえと思うわけか」

「はい。それに、私たちが捜さなきゃいけないのは、何よりも鶴仙堂とお実乃さんを殺した下手人です」

「だから、その手掛かりになるかもと、梅屋の話を聞こうとしたんだろうが」

「それにはまず、梅屋さんが贋作のことを認める必要があります。もし頑なに認めなければ、前へ進めません。そればかりか……」

　おゆうは語尾を濁したが、伝三郎は察しがついたようだ。

「ははあ、お前、下手すると梅屋が鶴仙堂の二の舞になるかも、と心配してるんだな」

「そうなんです。鶴仙堂さんに贋作のことを聞いたとき、ひどく動揺して私を追い返しました。そしてその夜遅くに殺されたんです。贋作のことが知られたと誰かに告げたからだと思います。梅屋さんに贋作のことを聞けば、同じことが起こるかも知れません」

　伝三郎には言わなかったが、おゆうは鶴仙堂とお実乃が殺されたことに少なからず責任を感じていた。自分が鶴仙堂を追及したことで殺しの引金を引いてしまった、と言えるからだ。もうそんなことはご免だった。

「なるほど。しかし、だ。お前が考えるように贋作を頼んだのが梅屋だとすれば、鶴仙堂があの晩話しに行ったのは梅屋じゃねえのか。梅屋が下手人ってことは」

　伝三郎が一歩踏み込んできた。昨日は梅屋にあまり興味を示していなかった伝三郎だが、梅屋と鶴仙堂に付き合いがあったと聞いてから、おゆうの意気込みが伝染したらしい。

「梅屋なら、鶴仙堂を殺す理由は何でしょう」

「さっきお前が言ったじゃねえか。西海屋に贋作を渡したことがばれたら一大事、ってんで、鶴仙堂とお実乃の口を塞いだのさ」

「それは確かに、あり得ますが……」

おゆうは首を傾げて見せた。

「それじゃあ、梅屋さんはなぜ鶴仙堂さんが西海屋さんに、贋作のことをばらすと思ったんでしょう」

「え？」

伝三郎が眉をひそめた。言われた意味がよくわからなかったらしい。おゆうは続けた。

「鶴仙堂さんに贋作のことを聞いたとき、動揺がひどかったんです。それほどうろたえなくても、っていうぐらいに。でも、贋作がばれたって、自分は知らなかったと誤魔化す言い訳は、いくらでもできそうな気がするんです」

阿栄だってあんな上手な作り話で伝三郎を納得させたのだ。鶴仙堂のような奴なら、何とか言い抜けられたのではないか。

（それに、例の文書のこともある）

　文書の話を出したとき、鶴仙堂は衝撃を受けていた。おそらく、おゆうが文書のことを知っているのは、西海屋と接触したからだと思ったのだ。おゆうが贋作のことに気付いているとなると、あの文書が嘘八百だと西海屋に知られた可能性が高い。それで鶴仙堂は愕然《がくぜん》としたのだ。つまり、渡した絵が贋作だと西海屋にばれることは、鶴仙堂にとっても梅屋と同じくらい不都合なのだ。であれば、鶴仙堂から西海屋にチクることはないだろうから、梅屋は口塞ぎの殺人など犯す必要がない。

「ふーん、つまり言い訳できねえような事情が何かあるんじゃねえか、ってお前は言いてえわけだな。だから鶴仙堂も西海屋に告げ口なんかできなかったんじゃねえかと」

「この贋作についちゃ、梅屋と鶴仙堂は一蓮托生《いちれんたくしょう》でしょう。西海屋にばれる、ばれないで殺しが起きる、っていうのはどうも、すんなりと得心できなくて」

「仲間割れってこともあるぜ」

　そうは言ってみたものの、伝三郎も曖昧な表情になっていた。おゆうは伝三郎の方にぐっと身を寄せて言った。

「この一件、私たちの知らないことがまだまだありそうですよ」

「うーん。それなら、ますます梅屋に喋らせなきゃいけねえんじゃ……いや、お前の言う通り簡単には口を開くめえな。とすると……」

伝三郎はそこで眉を上げた。おゆうの意図に思い当たったのだ。

「お前、梅屋を飛ばして西海屋にいきなり話を聞こう、っててんだな」

「ご明察」おゆうはにっこりした。

「でも、御上御用達のあれほどの大店となると、私なんかが急に出向いても、まともに取り合ってくれるかどうか……」

「それで、俺に一緒に付き合え、と、こう言いてえわけか」

「よろしくお願いしまぁす」

おゆうは悪戯《いたずら》っぽい笑みを浮かべて、軽く頭を下げた。

第三章　神田の唐物問屋

八

鍋町、鍛冶町《かじちょう》といった辺りは、名の由来通り鍋釜を作る鋳物師《いもじ》の屋敷や鍛冶屋、金物を扱う店などが集まっていたのだが、今では小間物や雑貨を扱う店なども増え、なかなかの賑わいだ。西海屋はその街並みを圧するが如き最大級の大店である。間口は二十五間、美術工芸品から小さな細工物まで様々な輸入品を扱う店先には、訪れる客が引きも切らない。

その奥に連なる座敷の一つで、伝三郎とおゆうは西海屋の主人、吉右衛門《きちえもん》と対座していた。店先に近い八畳の間で、第二応接室、というところかな、とおゆうは踏んでいた。この奥にはたぶん、VIP用の第一応接室があるはずだ。それでもおゆうたちの座っている部屋にも、装飾を凝らした置時計や、変わった意匠の陶製の水差し、色ガラスの酒器など、明らかに欧州製とわかる調度が置かれているあたり、さすが江戸一番の唐物問屋である。

「さようでございますか。その殺しには贋作が関わっているとお考えなのですな」

伝三郎から一通り話を聞いた西海屋は、相槌《あいづち》を打つ程度に頷いた。鶴仙堂殺しの調べだと聞いても、さほど興味をそそられない様子である。これだけの店に殺しについて話を聞きに来れば、信用に関わると怖れたり怒ったりしても良さそうなのだが、西海屋の反応は、店先の往来で子供が転んで怪我をしました、と聞いた程度のものであった。

「まあ、俺たちはそう睨んでる。あんたは鶴仙堂を知ってるのかい」

「はい、直にお会いしたことはございませんが、お名前は存じております」

「それは、梅屋さんを通じて、ということですか」

おゆうが横から問いかけると、西海屋はおゆうに顔を向け、「さようです」と、はっきり肯定した。が、表情は先ほどから変化なく、何も読み取れない。

（さすがに肚の据わったおっさんみたいだな）

おゆうは少し感心しながら西海屋を睨んだ。有名な大店の主人ということで、でっぷり太って貫禄のある初老の男を想像していたのだが、目の前の人物は年の頃四十過ぎ、引き締まった体型で、大金持ちの商人《あきんど》というより、エリート官僚を思わせる。

（三代目ということだけど、相続した小さな店を一代でここまでにした人なんだよな）

こういう相手には、小細工しないで攻めた方がいい。そう思ったおゆうは、ちらりと伝三郎を見た。伝三郎は横目でおゆうを見て、小さく頷いた。今では伝三郎とこんな具合に、あうんの呼吸ができるようになっている。

「あんた、梅屋に葛飾北斎のところへ絵の注文に行かせたそうだな」

急に北斎の話を出したことで、西海屋は驚くかと思いきや、またしても表情はほとんど動かなかった。

「はい、確かに。あれは四月ほど前でございます」

「で、絵は手に入ったのかい」

「はい、少し違う形ですが、手に入りました」

「違う形、というと？」

「北斎先生は近頃手一杯で、断られたそうです。その代わり、別のところから入手した北斎先生の絵を買い取りました」

「もしかして、その別のところってのは、鶴仙堂かい」

「さようでございます」

西海屋は、平然と肯定した。やはり思ったとおりだ。おゆうは膝に置いた手を、ぎゅっと握りしめた。

「ふむ。鶴仙堂はその絵をどこで手に入れたんだ。北斎から買ったのかい」

「いえ、そうではないようです。鶴仙堂さんも、どこか他所から手に入れたようで」

どうもあやふやな話だ、と伝三郎は思ったらしい。眉間に皺が寄った。

「良ければその絵、見せてもらいてえんだが」

ここで初めて、西海屋は困ったような表情を浮かべた。

「申し訳ございませんが、手前の手元にはございません」

「ない？　あなたがお買いになったんじゃないんですか」

意外な答えに、おゆうは少なからず困惑した。転売したとでも言うのか。

「はい、確かに手前が買いました。ですがその絵を望まれたのは手前ではございません。手前どもの大事なお客様で、さるご大身のお方に頼まれたのでございます」

「ご大身の客？」伝三郎は首を傾げた。

「なんであんたに頼むんだ。自分で北斎に注文すりゃいいじゃねえか」

「それが、いろいろとご事情がおありで、人を介さねばならなかったのです。それ以上はこのご大身の御身に関わることゆえ、ご容赦いただきたく」

西海屋はそう言って頭を下げた。

「そのお方がどなたかも言えない、とおっしゃるのですね」

「はい。御名もご容赦願います」

そうはっきり言われると、こちらも追及しにくい。伝三郎は渋い顔をした。

「そうかい。仕方ねえな。で、その絵、幾らで買ったんだい」

「はい、十両でございます」

十両、か。あの大きさの北斎の絵としては高いが、阿栄の言った通り雪舟の贋作の十分の一だ。

「梅屋さんとは、いつからのお付き合いでしょうか」

おゆうはまた急に話を変えた。意表を衝いて動揺を誘うつもりだ。西海屋の顔に一瞬、戸惑いが浮かんだ。

「三年ほど前からですね。それが何か」

残念ながら、西海屋はすぐに元の何も読めない表情に戻った。

「どういうご縁だったのでしょう」

「ええ、それは無論、商いでのことです。梅屋さんも唐物のお商いですから」

そんなことはとうにご承知でしょう、と言わんばかりの目をこちらに向けてきた。おゆうは動じず、そのまま見返した。

「唐物の仕入れにこちらに来られたのですか」

「さようです。ずいぶん熱心な方で、唐物についてはよく勉強されているようでした。阿蘭陀物とエスパーニア物の違いも一目でおわかりだったようで。商いの才もなかなかにおありのようでしたから、手前どもとしましてもお付き合いに吝《やぶさ》かではなく」

そうか。梅屋はこの大店に取り入ろうと、懸命に自分を売り込んだのだろう。

「なぜ北斎先生への使いを梅屋さんに頼まれたのです」

「はい、手前は北斎様を存じ上げませんので、梅屋さんなら絵に詳しいだろうと思い、聞いてみましたところ、それならば自分に任せてほしいと言われまして」

「梅屋さんは絵を扱っているからですか」

「それだけではなく、梅屋さんは若い頃、絵師になろうとして修行なすったことがあるそうです。結局ものにならず、諦めて絵や唐物を扱う店の手伝いを始め、やがて今のようになられたと聞いております」

「え？　絵師に……ですか」

思わず問い返してしまった。意外な話だ。絵師を志したなら、面識はなくても北斎のことはよく知っていたはずだ。なのにどうして悶着を起こしてしまったんだろう。

「なあ、梅屋が絵に関しては素人じゃねえってのはわかったが、鶴仙堂についちゃ会ったこともねえし何も知らねえんだよな。梅屋の言葉だけで、鶴仙堂は信用できるって思ったのかい」

今度は伝三郎が話の向きを変えた。

「はい、確かに鶴仙堂さんの人となりは存じませんでしたが、梅屋さんが大丈夫と言われる以上、手前としましてはお任せしたことでもあり、否やはございませんでした。殺されたと聞いて、正直驚いておりましたところで」

驚いたと言うわりには、表情はやはり大して変わらない。鉄面皮なのか、もともと感情の起伏に乏しい人間なのか、おゆうには判然としなかった。

「それでも、ご大身とやらに届ける絵なんだろう。鶴仙堂が譲ると言っても、間違いのねえものかどうか、気にはならなかったのかい」

あ、これはとっても好都合な方へ話が行ったぞ。おゆうはすかさず口を挟んだ。

「例えば、絵が間違いないという文書のようなものがあったりしたんですか」

西海屋の眉が微かに上がった。

「ああ、おっしゃる通りです。鶴仙堂さんが書かれた文書をいただいております。ご覧に入れましょう」

西海屋はそう言って座を立ち、奥へと姿を消した。ものの一分ほどで戻って来た時には、右手に折り畳んだ文書を携えていた。

「こちらでございます。どうぞご覧ください」

西海屋は畳に文書を広げ、伝三郎とおゆうの方へ差し出した。

（やった！）

文書を一目見たおゆうは、内心で手を叩いた。それはまさに、三厨から見せられたあの文書そのものであった。

（とうとう見つけた。やっぱりあの文書は、西海屋に宛てたものだったんだ。鶴仙堂が描かせた贋作を本物だと信用させるための、保証書代わりの一筆なんだ）

有難いことはもう一つあった。これで伝三郎も文書の内容を知り、まだ残る伝三郎への「隠し事」の一つが消えたのだ。伝三郎は書かれた文字を鋭い目で追っていった。

「ふむ、なるほど。ここには中野屋にある絵が贋作で、あんたに渡した絵が本物だと書かれてるな。どうにもややっこしい話だぜ」

伝三郎が溜息混じりに言うと、西海屋は相変わらず落ち着いた様子で、「いかにもさようで」と相槌を打った。

「あの、ここに書かれている貞芳って、お実乃さんの父親ですよね」

おゆうはいかにも初めてこの文書を見た風に装い、伝三郎に言った。

「おう、お前も贋作の調べでこいつを捜しに行ってみたとか言ってたな」

頷きながら伝三郎は、もう一度文書を頭から読み直した。

「ふうむ、ここで中野屋の絵の話がわざわざ書いてあるってことは、もしかしてあんた、中野屋を良く知ってるのかい。中野屋の絵を見たことがあるのか」

「はい、拝見しております」

「で、その中野屋の絵と、あんたが鶴仙堂から買った絵は、そっくりなんだな」

「そっくりと申しますより、本物と贋作でございますから、見た目は同じですね。梅屋さんが鶴仙堂さんから持って来られた絵を初めて見たとき、すぐそうと気付きました。梅屋さんにそのことを問い質すと、鶴仙堂さんに事情を聞いてくると言われまして……その結果が、あの文書でございます」

「それにしても、すり替えたとは穏やかじゃねえなあ。それについちゃ、梅屋は詳しいことは言ってなかったのかい」

「確かにすり替えの手口や、本物をどうやって手に入れたかは書いてありませんでしたので、手前も気になってお尋ねしたのですが、梅屋さんもそこまではご存知なく」

「あんたは、どう思ったんだ」

「はい、その貞芳さんとやらが本物を売り捌《さば》いた先を突き止めて、買い取られたのだろうとは思いましたが……その辺をお話にならないということは、何か大きな声では言えない事情がおありかも、と」

「それは、本物の絵を手に入れるとき、何か御定法に触れるようなことがあったのでは、ということですか」

おゆうが問うと、西海屋は首を横に振って、それは何とも、と答えた。それ以上聞いても、西海屋がもっと突っ込んだ話をすることはなさそうだ。

「そういうことかい。よし、まあ、わかった」

伝三郎はおゆうの方に、目で引き揚げるぞ、と告げてきた。おゆうも目で了解した。

「邪魔したな。今日はこれで帰る。また俺かこのおゆうが話を聞きに来るかも知れねえが、そのときはよろしく頼む」

「かしこまりました。お役目ご苦労様でございました」

西海屋は深々と丁寧に頭を下げた。肚の中をさっぱり見せぬ摑みどころのない表情は、最後までそのままだった。

西海屋を出てから、伝三郎はしきりに首を振り、おゆうが話しかけても生返事ばかりであった。どうやら相当考え込んでいるらしいな、と思っていると、小伝馬町まで来たところで、「どうも話がややこしくていけねえや。お前の家でちっと整理しようじゃねえか」と言い出した。無論、おゆうに否やはない。そのまままいそいそと家に向かった。

「さてと。まず始まりはどこだ。まあ、西海屋が梅屋に北斎の絵を頼んだ、ってとこからにするか」

伝三郎はおゆうが火を入れたばかりの長火鉢に手をかざすと、そう切り出した。

「で、北斎に断られて、梅屋は鶴仙堂に絵を頼んだんだな。さてここで一つ。梅屋は鶴仙堂に北斎の絵を手に入れるよう言ったのか、贋作を作るよう言ったのか、だ」

「どうでしょうねえ。梅屋さんが鶴仙堂のことを良く知ってたのなら、本物の調達なんか頼みはしない、って思いますが」

「だろうな。で、鶴仙堂は自分の女だったお実乃に贋作を描かせたわけか」

「うーん、それはちょっと違うかも」

おゆうは首を捻りながら言った。

「阿栄さんは、お実乃さんは北斎先生の絵を模写してたかも、って言ってました。たぶん、武乃屋さんが持っていた絵も、修行のためと言って頼み込んで模写させてもらったんでしょう。鶴仙堂は出来のいい模写を見て、それがたまたま注文に合いそうな風景画だったことから、贋作に仕立てようとしたんじゃないでしょうか」

「なあるほど。目の前にすぐ贋作に使える絵があるなら、わざわざ苦労して本物を調達する必要はねえ、と思ったわけか」

模写を許可したと思われる武乃屋は、店が潰れてから江戸を去っている。事情を知る者はもういない、というわけだ。

「鶴仙堂さんと梅屋さんは、西海屋さんが以前にその絵を中野屋さんで見ていたことを知らなかったんですね」

「知ってりゃあ、そんな絵を使うこたぁねえだろうさ。西海屋からはご大身にあの絵がすぐ渡るはずなんで、中野屋の絵と見比べられる機会なんぞねえ、と鶴仙堂は思ってたんだろう。西海屋から中野屋の絵のことを聞いた梅屋はさぞびっくりしたろうよ。鶴仙堂はもっと慌てたろうな。一歩間違えりゃ、贋作商売が全部明るみに出ちまう。で、苦肉の策があの文書、って寸法だ」

「でも、危ない橋ですねえ。西海屋さんがもしあの文書を中野屋さんに見せたら、大騒動になりますよ」

「いや、それはねえだろう」

伝三郎はすぐにおゆうの懸念を払った。

「大店同士の付き合いの中で、あんたの大事にしてる絵は贋作だ、なんて言って波風立てることはあるめえ。絵は西海屋から誰だか知らねえご大身に渡ったんだろ？　だったら尚更《なおさら》、わざわざ中野屋にそんなことを知らせる必要はねえだろう。鶴仙堂もそのぐらいは読んでたはずさ」

ふむ、そう言われればそうかも知れない。

「だがなあ、こりゃあくまで中野屋の絵が本物で、西海屋が買ったのが贋作だ、としての話だぜ。俺たちゃそう決めつけて話してるが、はっきりした証しはねえんだぞ」

え？　ちょっと、急にそんなこと言って話を戻さないでよ。おゆうが困惑すると、伝三郎は頭を掻いた。

「いっそ、北斎に中野屋の絵を見てもらって決着をつけるか」

「それは最後の手段でしょうね」

おゆうとしては、この一件に直接、北斎を巻き込みたくはなかった。勝手に贋作を作られただけならまだしも、その揚句に殺人を呼び起こしたとなれば、北斎が怒って口を挟み、収拾がつかなくなるような気がした。

「私はやっぱり、中野屋さんのが真筆で、鶴仙堂が用意したのが贋作、ってことで間違いないと思いますけど」

「流れから言うと、そうだよなァ」

伝三郎はまた頭を掻いた。どうも思うように頭が整理できないらしい。

「間違いない証しがほしいところなんだが」

やはり伝三郎は、北斎に真贋鑑定させて問題の一つをはっきりさせておきたいのだろうか。おゆうは話を変えた。

「ところで例のご大身ですけど、どう思われます」

「どうって?」

「なぜご自身で直接北斎先生に頼まず、西海屋さんを仲立ちにしたのか、です。西海屋さんが浮世絵の版元ならわかりますけど、唐物問屋ですよ。大根を仕入れるのに魚屋に頼むぐらいお門違いじゃないですか」

「うーん、そう言やそうだが、普段から出入りの西海屋にいろんなことを頼んでた、ってぇだけじゃねえのか。そういうことは、よくあるぜ」

「そうですかねえ……」

伝三郎は、そっちの方にはあまり関心がないようだ。ご大身、と聞いて町方が手を出す相手ではないと直感し、腰が引けているのだろう。

「それより、一番肝心な話だ。鶴仙堂とお実乃は誰に、なぜ殺されたか、だよ」

「ああ……はい、そうでした」

順序を間違えるところだった。おゆうにとっては北斎の贋作事件の解決が主目的なのだが、伝三郎たちへの建前としては、無論、殺人事件の方が優先である。

「それはやっぱり、贋作に関わる揉め事でしょう」

「まあ、そう考えるのが素直なんだが。鶴仙堂とお実乃が両方とも関わってる贋作となると、今度の北斎のやつしかねえ。だったら怪しいのは……」

「やっぱり、梅屋さん、ってことになるんでしょうか」

「西海屋を別にすりゃ、名前が挙がってるのは奴しかいねえからな。まさか北斎じゃあるめえし」

北斎に殺人容疑？　おゆうは胸の内で百回ぐらいかぶりを振った。そんなことになったら、歴史が変わる。

「梅屋さんが、西海屋さんに贋作のことがばれないよう鶴仙堂の口を塞いだとお考えなんですか。でもそれは、ちょっと頷けませんよ。昨夜もそう言いましたけど」

「うん、まあ、それもわかるんだが」

伝三郎の言い方はどうも歯切れが悪い。

「それに鶴仙堂の口封じなら、金を摑ませるとかする方がいいでしょう。殺しなんて派手なことをやったら、この絵の件は怪しいですよって幟《のぼり》を掲げるようなもんです」

「うーむ」伝三郎は唇を引き結んだ。やはり伝三郎も、梅屋犯人説に百パーセントの確信があるわけではなさそうだ。

「西海屋の件とは関わりなく、他の贋作のことで恨みでも買って殺されたんじゃねえか、って線もまだ消えちゃいねえぞ」

伝三郎は方向を変えた。理屈は確かにそうだが、なぜこのタイミングで、と考えると、おゆうにはその可能性はほぼないように思えた。

「私はそれより、ご大身の方が気になるんですが」

「ご大身とやらは、絵を頼んだことだけしか、わかっちゃいねえぞ」

伝三郎はやはりそっちには気乗りがしないようだ。おゆうは考えを巡らせた。

「思うんですが……梅屋さんは、そのご大身が誰なのか知ってたんじゃないでしょうか」

「何？　どういうこった」

伝三郎は眉間に皺を寄せた。話の向かう先がよくわからないようだ。

「つまり、梅屋さんは、西海屋さんよりそのご大身に贋作のことがばれるのを恐れたんじゃないかと」

「てことは何か、そのご大身が怖くて梅屋は鶴仙堂の口を塞いだと言いてえのか」

「西海屋さんにばれるのを恐れたと言うよりは、その方が得心がいきます」

おゆうが贋作のことを聞いたときの鶴仙堂の狼狽《ろうばい》ぶりからすると、鶴仙堂もそのご大身を知っていて恐れたのかも知れない。相当な大物が相手なら、梅屋が鶴仙堂とお実乃を始末して全ての証拠を隠滅するというのも考えられる話だ。

「ふうん。じゃあ、そのご大身は贋作を掴まされたと知ったら、問答無用で手打ちにできるくれぇの大物だってことかい」

伝三郎はまた首を捻った。

「そんな大物が、北斎の絵なんぞにどうしてご執心なのかねえ」

「はあ、それは……」

確かに妙だ。梅屋たちがそれほど恐れる相手なら、よほどの大大名か幕閣の上層部だろう。そんな人物が北斎の浮世絵を欲しがるだろうか。まあ趣味の問題だから欲しがっても異常ではないが、西海屋に仲立ちを頼む理由はますますわからない。

「やれやれ、西海屋へ行く前にお前が言った通りだな。この一件、まだまだ俺たちの知らねえことがたくさんありそうだ」

溜息と共に伝三郎が漏らした一言が、現状を端的に言い表していた。おゆうもほうっと溜息をついて、本当にそうですね、と言いかけたとき、表に気配がして、馴染みの声が呼ばわった。

「鵜飼の旦那、こちらですかい」

「おう、源七か。入れよ」

伝三郎が大声で応じ、それに続いてお邪魔しやす、と言いながら源七が入って来て、上がり框にどすんと腰を下ろした。

「番屋を二、三軒回ってみやしたが今日はお見かけしてねえってことなんで、ならこっちに違えあるめえと思いやして。まったく、仲直りしたと思ったら早速入り浸りですかい」

源七はおゆうと伝三郎を見比べながらニヤニヤしている。

「ふん、相変わらず無粋な野郎だ。で、何かわかったのか」

「へい、落款印、ってんですか、あの絵に押す印の贋物を鶴仙堂に頼まれて作ってた奴を見つけやした。芝神明町《しばしんめいちょう》に住んでる秀玄《しゅうげん》ってぇ印章彫りです。芝口の番屋に引っ張っておきやした。松次郎が見張ってやす」

「おう、贋印造りを見つけたか。でかした」

考えが煮詰まった所に朗報を聞いて、伝三郎は気持ちを切り替えたようだ。膝を打って立ち上がった。

「おゆう、お前も来い」

「はい、お供します」

おゆうも喜んで後に続いた。

芝口町の番屋の土間に、情けない顔で座り込んでいる四十くらいの禿頭《とくとう》の男が、秀玄であった。痩せて風采の上がらない見てくれからすると、金にはあまり縁がなさそうだ。おそらくは鶴仙堂からの贋印の注文で、糊口《ここう》をしのいでいたのだろう。

秀玄の顔色はすっかり青くなっている。しょっ引かれたとは言え、目明しには逮捕権がないので、伝三郎がそう命じるまでは、正式に捕縛されたわけではない。現代の刑事ドラマなら任意同行の段階だが、秀玄の顔色からすると、すっかり観念しているようだ。これなら取り調べに時間はかかるまい。

「お前か、鶴仙堂に言われて偽の落款印を作ってやがったのは」

秀玄の目の前でどかっと腰を下ろした伝三郎は、いきなり切り込んだ。秀玄は抵抗の気配すら見せなかった。

「へへーっ、さようでございます。旦那のおっしゃる通りです」

平伏する秀玄を尻目に、脇に控えていた松次郎が紙包みを出し、番屋の畳の上にさっと広げた。十五本ほどの印章が、開いた紙の上に載っていた。

「ほう、これか」伝三郎は一本を摘み上げた。それから一分余り矯《た》めつ眇《すが》めつしていたが、結局誰の落款かも判別できなかったようだ。伝三郎は苦い顔をした。目ざとく察した秀玄が、自分で説明した。

「池大雅、円山応挙《まるやまおうきょ》、俵屋宗達などなどでございます。手前が作りまして、鶴仙堂さんから御預かりするという形で。贋絵には鶴仙堂さんご自身がその都度、手前のあばら家に来られて、押印しておられました」

いずれの絵師の作品も、現代では国宝級だ。この文政の江戸でも、好景気に乗って奢侈に走る浅倉屋のような好事家気取りの豪商たちが、美術品の値を押し上げている。鶴仙堂はかなりいい商売をしていたようだ。

「鶴仙堂は、相当な荒稼ぎをしていたらしいな」

おゆうと同じことを思ったらしい伝三郎が言った。芸術に疎《うと》い源七と松次郎は、もう一つピンと来ていないようで、何やらしきりに頷いている。が、当の秀玄の方は肩を竦めた。

「いや、それほどでもありますまい。これほどの大家の絵となると、手当たり次第に売るような真似はできません。変に噂になってはまずい。年に二枚とか三枚とか、決して目立たぬよう気を付けていましたから、商売としては地味です」

なるほど、一理ある。確かに鶴仙堂の家からは、千両箱も小判が詰まった甕《かめ》も、見つかってはいない。

「そうか。まあいい。それで、お前が最後に作ったのが北斎の贋印だったのか」

「さようでございます。三月ほど前、手前がお実乃さんの家に届けに参りました」

「届けた？　お前、そのとき絵を見なかったか」

「絵、と申しますと」

「決まってるだろうが。お前の作った印を押す絵だよ」

秀玄は、ちょっと考える素振りを見せた。

「確かに絵は見ました。大川の絵だったと思います」

「ほう、大川の絵ね」

伝三郎の目が光った。

「で、その北斎の印はお前の手元に置かずに届けろと、鶴仙堂に言われたんだな」

「はい。鶴仙堂さんに、そのように。なんでも、お実乃さんが望まれたそうで」

「お実乃が？」

伝三郎が怪訝な顔をした。お実乃が北斎の贋印を自分で持とうとしたのは、何か理由があるのだろうか。秀玄もそれは知るまい。が、秀玄は気になることを付け足した。

「それなんですが……お実乃さんに印をお渡ししたとき、本人が望まれたにもかかわらず、嫌々受け取るような顔をちらりとされたのです。それが少しばかり気になりまして」

「嫌々、か」

伝三郎は、秀玄の台詞を繰り返して何やら考え込んだ。考えていることは、おゆうにもわかった。お実乃は、自分の模写を鶴仙堂が贋作に仕立て上げるのが、嫌でたまらなかったのではないか。喜んで鶴仙堂の企みに手を貸したわけではなさそうだ。

「鶴仙堂とお実乃の間は、お前の目から見てどうだったんだ」

「はあ、どうだったかと言われましても……」

秀玄は困った顔になって言葉を濁した。

「まあ……そうでございますな、最初の頃はどうだったか存じませんが、近頃は手前が見たところでは、あまり仲睦まじいとは言い難かったかと……とはいえ、お実乃さんは鶴仙堂さんのお世話になっている身ですからなぁ」

そうか、鶴仙堂とお実乃の間には隙間風が吹いていたか。それでもお実乃は、鶴仙堂と別れたら忽《たちま》ち暮らしに困るに違いない。北斎の贋作についても、言われた通りにするより仕方なかったのだろう。そんな様子が、秀玄の断片的な話からだんだん見えてくる気がした。

「鶉飼様」おゆうは伝三郎の耳元に囁いた。

「中野屋さんが絵を買ったのは一昨年。贋印が出来上がったのが三月前だとすれば、一昨年には押せるはずがありません。中野屋さんの絵は本物に間違いないようですね」

伝三郎は黙って頷いた。その顔に、満足げな笑みが浮かぶ。

「そうか……よし、だいたいのところはわかった。お前は詐欺に使うと知りながら鶴仙堂の注文に応じて贋印を作った。その罪は軽からず、ここに召し捕り、この後《のち》大番屋にてさらに詮議いたす。左様心得よ」

伝三郎が十手を向け、秀玄に正式に捕縛する旨《むね》、言い渡した。秀玄は「へへえっ、恐れ入りました」と神妙に頭を下げた。が、その時である。秀玄の顔に一瞬、ほっとしたような表情が浮かんだ。その場に居た四人は、それを見逃さなかった。

「おい、お前！　まだ何か隠してやがるな」

源七が立ち上がり、凄んだ。秀玄はうろたえ、何が何だかわからない、という顔をした。

「ど、どういうことでございましょう。手前のしたことは、全て申し上げましたが」

その声は、本当に困惑しているように聞こえる。だが、伝三郎も源七も松次郎も、そんなことで誤魔化されるような素人《アマチュア》ではない。

「とぼけんじゃねえ。隠し事が後で露見したら、ずっと厄介なことになるんだぜ。お前が好きで厄介な目に遭いてえ、ってんなら止めやしねえがな。よっく考えてみやがれ」

松次郎が顔を寄せ、野太い声で脅した。秀玄は、あっという間に崩れた。

「もっ……申し訳ございません。実はあの日……」

「あの日？　鶴仙堂とお実乃が殺された日か」

「は、はい、さようで。あの日の暮れ六ツ近く、鶴仙堂さんが突然来られまして、今から五ツ半頃まで、自分はここで一緒に居たことにしろ、誰に聞かれてもそう言え、お役人にもだ、と、そう言われましたんで」

「何ですって？　鶴仙堂がそんなことを」

驚いたおゆうは、思わず口を挟んだ。伝三郎たちも、同様に面喰《めんくら》っている。

「贋印造りのあんたのところに居たと、わざわざ自分から言うつもりだったっていうの」

半ば呆れて問うと、秀玄は慌てて手を振った。

「手前は贋物ばかり造っているわけではございません。真っ当な印章造りや修復などの方が本業でございますから」

「ふうん。で、あんた、それ聞いてどう思ったの」

「はあ、それは……鶴仙堂さんは、何か他人に知れたら不都合なことをしようとしてるんじゃないかと、そう思いました」

「当然よね。で、聞いたの」

「いや、まあ、どういうことなんです、とは聞きましたが。そうしたらじろりと睨まれて、黙って言う通りにしろ、どのみちお前と俺は一蓮托生なんだと凄まれまして……結局わけがわからないまま、翌朝になってみたら鶴仙堂さんはあんなことに」

「それで、これは面倒事に巻き込まれると思って、口をつぐんだ、ってわけね」

「そ、その通りで」

どういうことなんだ、これは。おゆうたち四人は、互いに顔を見合わせた。殺人の被害者が自分のアリバイ工作をしていたなんて、思いもしなかった。いったい鶴仙堂は何をするつもりだったのだろう。

九

翌朝である。おゆうは一昨日と同様に、南大坂町の通りに立って、梅屋の店先を見つめていた。店の様子は、一昨日と全く同じである。客の出入りはちらほらで、不景気なようでも流行っているようでもない。梅の花の紋様と屋号が白く描かれた臙脂《えんじ》色の暖簾も、悪くはないがどこか垢抜けない。一言で言うと、凡庸な店であった。

（さて、いよいよ梅屋さんを攻めさせてもらいますか）

鶴仙堂のアリバイ工作については、秀玄を大番屋へ連行した後、馬喰町の番屋へ寄って鳩首《きゆうしゆ》会議をしてみたものの、理由を思い付けなかった。

「何か贋作に関わる証拠を隠そうとした、とかいうのが一番ありそうだが、そんな気配はねえしなあ。そもそも秀玄のところにあった贋印も、始末しようとしてねえんだから」

「自分の贋作商売より、もっと気になることがあったんでしょうか」

おゆうはよくわからないまま口にしてみたが、伝三郎は頷かなかった。

「いや、鶴仙堂の身辺に贋作以外の悪事の影は見えねえ。やっぱり贋作の件で何かしようとしたんだ」

伝三郎はすっかり困惑した顔で、おゆうに問うた。

「なあおい、中野屋の絵が本物で、西海屋に渡った絵が贋物、ってのは間違いねえよな」

「今さら何をおっしゃるんです。秀玄が北斎さんの贋印を作ったのは三月前なんですから、中野屋さんのが本物だって、はっきりしてるじゃありませんか」

「だよなァ。どうも贋物本物、ってぇ話を続けてると、頭がこんがらがってくる」

「まあ、それが贋作の贋作たる所以じゃねえですかい。そのうち何が本物なんだかわからなくなっちまう。しまいにゃ、描いた本人にもわからなくなったりして」

聞いた風なことを言って、源七が顎を撫でた。伝三郎は、ふん、と鼻で嗤った。

「あんたの買った絵は贋物だって、西海屋に教えてやらなくていいんですかい」

「そりゃあそうだが、西海屋の後ろにゃ例のご大身が居るんだ。一から十までこの話を解き明かしてからでねえと、却って厄介なことになるかも知れん」

やはり伝三郎はまだ、ご大身のことを気にしていた。

「何者なんでしょうねえ。まさか御老中とかじゃないですよね」

おゆうが言うと、伝三郎は、さあな、と曖昧に応じた。

「とにかく、梅屋だな。おゆう、お前、明日にでも行くんだろ」

「ええ。今のところ、梅屋さんが鍵になってますからね。西海屋さんから伺っていると言えば、梅屋さんも隠し事はできないでしょう。きっちり話を聞いてきます」

おゆうは、任せて、というように帯をぽんと叩いた。


暖簾をくぐって店に入ると、他に客は居なかった。棚に並んだ雑貨は、東屋にあったのと似たようなものだが、こちらには化粧品はなく、代わりに壁に唐風の絵が数枚掛かっていた。確かにここでは輸入品の絵を取り扱っているようだ。土間に居た丁稚が頭を下げ、帳場に座っていた三十五、六の生真面目そうな男が、その気配でおゆうに気付いて「おいでなさいませ」と声をかけた。

「あの、御主人の基次郎さんでしょうか」

「いえ、手前は番頭で、主人は奥に居ります。どのような御用でしょう」

「実は、御用の筋でお話を伺いたいんです。取り次いでいただけますか」

十手を見せると、番頭は、若い女が十手を出してきたことに対する万人共通の驚きを表し、少々お待ちをと言い置いて奥へ急いだ。

「ご無礼いたしました。どうぞ奥へ」

番頭はすぐに戻って来て、襖の奥へ案内した。おゆうは礼を言って座敷に上がった。奥に座っておゆうを迎えた梅屋基次郎は、四十代の半ばを超えたと見える、丸顔の男だった。顔を見るなり、おゆうは「おや」と思った。体は小太りなのに、何だか顔色が優れず、やつれて生気がない感じだ。もしかして病なのかと思うほどだった。番頭と丁稚と下女の三人くらいしか居ない店なのに、主人が奥に引っ込んで店は番頭任せとは、ずいぶん鷹揚《おうよう》だと思ったのだが、そういうことでもないらしい。

「お邪魔をいたします。東馬喰町で十手を預かる、おゆうと申します」

「ご苦労様です。梅屋基次郎でございます」

挨拶に応じる梅屋の声にも、あまり力がないように感じられた。それより、十手持ちの訪問に驚きも好奇心も見せていないのが気になる。やはり、岡っ引きか役人が来るのを予期していたのだろう。

「本日は、鶴仙堂さんと絵師のお実乃さんが殺された一件で伺いました」

問われる前に、はっきりぶつけてみた。梅屋は頷いた。

「ああ、さようでございましたか」

「鶴仙堂さんは、よくご存知なのですね」

「はい。商いでのお付き合いは五、六年前からございました。あのようなことになり、大変驚いておりました」

「今現在も、商いでの取引などがあったのですか」

「あ、はい……」

梅屋は少し口籠った。思った通り、自分から西海屋の名は出したくないらしい。

「西海屋さんから頼まれた北斎先生の絵のことをお聞かせください。西海屋さんからお話は伺っています」

「ああ、もうお聞きでございましたか」

梅屋は安堵したようだ。だが受け答えの声には抑揚が少なく、妙に平板な喋り方であった。

「初めに梅屋さんは、北斎先生のところへ直に出向いて絵を注文しようとなすったんですよね。でも、断られたとか」

「それもご存知ですか。はい、その、私が北斎さんを怒らせてしまいまして……」

「聞いたところでは、ずいぶんと高飛車に出られたとか。なぜそんなことに」

「それは、その……」

梅屋がまた口籠った。これもあまり言いたくない話のようだ。おゆうはふと思い当たって、問いを投げてみた。

「梅屋さんは昔、絵師を志しておられたとか。もしや、それと関わりが？」

梅屋が、ぎくりと反応した。それからただでさえ下がり気味だった肩をさらに落とし、ふうっと溜息をついた。

「何でもお見通しのようでございますね。確かに、関わりがございます」

それから梅屋は、己が身の上を話し始めた。

「もう三十年も前のことです。その頃、北斎さんは勝川春章《かつかわしゅんしょう》先生の弟子として、勝川一門に属しておられました。画名も、勝川春朗《しゅんろう》と名乗って、その頃からそれなりの絵師として売り出していたのですが、実は私も、勝川の末席を汚しておりましたのです」

「え、それじゃ昔から北斎先生とお知り合いだったのですか」

「いいえ、私は勝川といっても孫弟子で、まだ十五、六の小童《こわっぱ》でしたから、何度かお会いはしているものの、無論、向こうは覚えておられません。それでも、こちらはまだ世間知らずで、自分の腕が一番と思っているような生意気な餓鬼でしたから、売り出し中の春朗の絵を見て、これなら自分の方が、などと思っていたら、春朗が私の絵を鼻で嗤ったというような噂を聞きまして。まあ、歳の差を考えれば仕方ない話ですし、本当に春朗が嗤ったのかもわかりません。でも聞いた私は、何を偉そうに、と妙な対抗心を起こしたのです」

「では、当時の北斎先生より上手い絵が描けると思って、修行に励まれたわけですね」

「ええ。すぐにも自分の方が上になって、見返してやろうと。ところが間もなく春章先生が亡くなりまして、春朗は勝川を出て行ったのです。何とも不義理な、と余計に腹が立ちましたが、どうにもなりません。すると不思議なもので、私も熱が冷めて来まして」

　ははあ、勝手にライバル視していた相手がいなくなって、目標が消えてしまったのか。それは理解できなくもないが、現代人の目から見れば、並の絵師が天下の北斎をライバルと考えるなど、無理な話である。

「今にして思えば、それほどの才はなかった、ということでしょう。結局絵師としては芽が出ず、勝川派を出て独りで頑張ってみましたが、ものになりませんで、惚《ほ》れた女とも一緒になれず、泣く泣く別れる始末です。三十近くなって一から出直し、ようやくささやかですが店を持てるようになりました。そこへ、日頃大変お世話になっております西海屋さんからのお頼みです。西海屋さんは私が勝川に居たことをご存知でしたから、北斎さんとも話が通じやすいと思われたのです」

　ここで梅屋は言葉を切り、もう一度ふうっと大きな溜息をついた。

「ところが、いざ北斎さんのところへ行くと、つい昔の対抗心が頭をもたげてしまったのです。私は絵師としてどん底に落ち、筆を折ったのに、北斎さんはあのようないい加減な暮らしぶりながら、当世並ぶものがないほどの扱いを受けておられる。腹の内がどうにも、もやもやとしてきまして、つい注文主の立場を利用して偉ぶった物言いをしてしまいました。思えば、何とも馬鹿なことをしたものです」

「ああ、そういうことでしたか」

確かに、いかにも子供じみた話だ。しかし、芸術家の嫉妬心というのは、そんなものなのかも知れない。

「それで、絵の注文にしくじったあなたは、鶴仙堂さんに相談したんですね」

「はい……そのままでは西海屋さんに合わせる顔がございませんでしたので」

「だから贋作を用意するよう頼んだ、と」

おゆうはストレートを叩き込んだ。梅屋の眉が吊《つ》り上がった。

「め、滅相もない。私は、北斎さんの絵が手に入らないか聞いただけです」

「梅屋さん、こういうものを見たことがおありですか」

おゆうは秀玄から押収した贋落款印の一つを懐から出して突きつけた。梅屋はそれを受け取り、しげしげと眺めた。

「何やら、落款印のようですな。見たところ、円山応挙でしょうか」

驚いた素振りもなくそう言うと、梅屋は印を返して寄越した。贋物、という言葉は口に出さなかった。

「この印は鶴仙堂さんが作らせたものです。梅屋さん、あなたは鶴仙堂さんの商売がどういうものか、ご存知だったんでしょう」

「いえ、それは……全く知らなかったとは申しませんが、私はあくまで本物の北斎先生の絵をお願いしただけでございます。鶴仙堂さんが手に入れて下すった絵については、本物である旨の文書も書かれて添えられております」

「その文書は、私も西海屋さんで拝見しました。しかしですよ、八方手を尽くしたとは書かれていますが、どこからどうやって手に入れたか、肝心のところは何も書いてありません。あなたはどう思っておられるんですか」

詰め寄ると、梅屋は唇を歪《ゆが》めた。

「正直申しますと……それは私も存じません。鶴仙堂さんは、大きな声では言えない方法であの絵を入手されたのでは、と思うております。西海屋さんの文書へは、信用を得るためあのように書かれたのでは、と」

この辺は、西海屋の言い方と似ている。打ち合わせたとは思えないが。

「大きな声で言えない方法とは、どんなことだとお考えですか」

「例えば……鶴仙堂さん自身が絵をすり替えた、とか」

鶴仙堂自身が？　そんな話を出してくるとは思わなかった。

「鶴仙堂さんがすり替えて、それを手元に置いていた、と言うんですか。なぜそんなことを。中野屋さんがあの絵を買ったときには、後に西海屋さんから注文が入ることなどわからないでしょう」

「その理由は私にはわかりかねます」

「証拠などありませんよね」

「無論、ございません。ですが、それが一番納得しやすいと存じますが」

うーむ、とおゆうは胸の内で唸った。あり得る話に聞こえるが、すり替えは秀玄の証言で否定されている。梅屋はどこまで承知して言っているのか。

（ああもう、伝三郎じゃないけど、こっちまでこんがらがってきそうだわ）

おゆうは頭を掻きむしりたくなるのをなんとか抑え、話を切り替えた。

「ところで梅屋さん、十日前の夜はどちらに居られましたか」

「は？　十日前でございますか」

梅屋の顔がいくらか強張った。鶴仙堂が殺された夜のことだとわかっているらしい。

「あの晩は、唐物の大皿をお買い上げいただいたお方のところへ、品物をお届けに行っておりました。帰ってまいりましたのは、もう四ツに近かったかと」

「それは、どこにお住いの何という方です」

「深川一色町《いっしきちょう》の材木商、和田屋《わだや》さんです」

永代橋を渡った向こうだ。ちょっと遠いが、唐物商は江戸中にたくさんある店ではないから、顧客であっても別に不自然ではない。しかし、行き帰りに六間堀や小網町に寄ることも可能だろうから、アリバイにはならない。いずれにせよ、和田屋には後で確認をとらなければ。

「……わかりました。今日のところは、これで帰らせていただきます。また改めて伺うと思いますが、その節はよろしく」

おゆうが聴取を打ち切ると、梅屋は、本日はご苦労様でございましたと丁寧に頭を下げた。その顔色は終始冴《さ》えず、生気のなさもずっとそのままだ。これはどう解釈したものか、とおゆうは首を捻った。罪を犯したことへの後悔、或《ある》いは怯えだろうか。だとすると、それは贋作で西海屋を裏切ったことに対してか、それとも鶴仙堂殺しに対してなのか。いや、鶴仙堂の次は自分かも知れないと恐れおののいているのか。おゆうにはいずれとも、判別がつかなかった。

番頭に見送られて梅屋を出たおゆうは、木枯らしに思わず身を竦めた。梅屋が鍵だと思って話を聞いたものの、聞き終えてもあまり捜査が前進したようには感じられなかった。殺しについて、梅屋のアリバイが不充分だというのはわかったが、それ以上、梅屋を追い込むだけの材料は持っていない。

おゆうは軽く懐を叩いた。そこには、梅屋の指紋がはっきり付いた贋落款印が入っている。お実乃と梅屋の間には行き来がないはずなので、お実乃の家から回収した品々に梅屋の指紋が見つかれば、証拠としてかなり有力なのだが。

歩き出して十間ほど行ったところで、ふと背中に視線を感じた。立ち止まって振り向くと、路地の奥にある梅屋の裏木戸から、まだ十代と思われる垢抜けない娘が顔を出し、こちらを見ているのが目に入った。梅屋の下女だ。おや、と思ってそちらに寄ろうとしたが、下女は慌てて目を逸らし、塀の内へ引っ込んで木戸を閉めた。

ははあ、とおゆうは思った。あの下女、何か知っていて私に言いたいことがありそうだな。日を改めて、店の外に出たところをつかまえて話を聞いてみるか。最後に思わぬ収穫があったことにちょっと気を良くして、おゆうは着物の前を掻き合わせると、寒風の中を日本橋へ通ずる大通りへ向かった。

京橋《きょうばし》を渡った辺りで蕎麦屋を見つけ、鴨肉の載った汁蕎麦で少しばかり温まった後、おゆうは北へとさらに進んだ。本町を過ぎても家の方へは曲がらず、先へと歩く。もう七町ばかり行くと、神田鍋町であった。もう一度、おゆうは西海屋の様子を見てみようと思ったのだ。

西海屋の店は、今日も変わらぬ賑わいである。ことに雑貨を扱っている一角では、若い女の客がひと塊になって群れていた。見ると、新入荷の化粧品の広告を記した紙が、鴨居から下げられている。こういうものに女子が集まるのは、文政も平成も変わらないなと、おゆうはくすりと笑った。

それから二、三十分、おゆうはその辺を行ったり来たりして店の繁盛ぶりを眺めていた。もしや例のご大身の家中の者でも来やしないかと、大名家の家臣風の侍の姿をマークしていたのだが、該当するような人物は来店しなかった。

（やっぱり、そんなに都合良くいくわけないよね）

おゆうは自分で苦笑した。特に当てがあったわけではない。梅屋の下女をつかまえる他に、何か動きようはないかと考えている間の、時間潰しのようなものだった。だが結局、これといった案は浮かばない。ならば一旦東京へ戻って、梅屋の指紋をデータに入れ、照合を済ませておくとしようか。

せっかくだから新着の化粧品とやらを拝見しようと思い、一歩踏み出しかけた。そのとき、暖簾を跳ね上げて一人の侍が店から出て来た。上等な羽織袴で、番頭が外まで丁寧に見送っているところからすると、重要な客らしい。これは例のご大身の関係者にうまく行きあたったか、とおゆうは俄然《がぜん》期待を高めた。人相と家紋を見ようと目を凝らしていると、侍が首を巡らしたので、顔が正面から見えた。おゆうは、あっと声を出しそうになった。

南町奉行所内与力《うちよりき》、戸山兼良《とやまかねよし》だ。この前は奉行からの内密の任務で伝三郎を直接指揮したこともあり、おゆうも良く知っている。大柄で眼光が強いので一見気難しそうだが、人柄は実直で信用の置ける人物だ。

（戸山様が、いったい何で西海屋に？）

内与力は秘書室長のような役割なので、出歩く用事は少ない。奉行所の職務で市中の大店に出向くことは考え難く、あるとすれば奉行個人の用向きだろう。しかも番頭の物腰からすると、普段から見知っているようだ。西海屋と南町奉行、筒井《つつい》和泉守《いずみのかみ》政《まさ》憲《のり》に特別の付き合いでもあるのか。

戸山はおゆうには気付くことなく、そのまますたすたと行ってしまった。おゆうは戸山の姿が見えなくなるまで待って、西海屋を後にした。どうも気になる。厄介なことにならねばいいが。

「ちょっとぉ。ここの暖房、寒すぎない？　設定温度、どうなってんのよ」

宇田川の座るラボの研究スペースで、スツールに腰を下ろすなり優佳はぼやいた。ガラスの向こうの事務スペースは二十度以上ありそうなのに、ここのうすら寒さは十六、七度なのではないか。

「文句言うな。温度を上げ過ぎて、分析の対象物に変化が出たりしたらまずい」

宇田川は顔も向けずに一刀両断した。確かにその理屈は正しいだろうが、この分析オタクは室内に閉じこもり過ぎて、体感温度がおかしくなっているのだろう。優佳は仕方なく、コートを着たまま話を進めた。

「この前持って来たやつの処理、済んでるよね」

「ああ。採れるだけの指紋とＤＮＡを採って、データに入れた。絵の具の方も、成分分析した。泥絵の具にしても岩絵の具にしても、要するに顔料だな。鉱石由来の。で、成分のデータだが……」

宇田川は引き出しを開けてプリントアウトを取り出そうとした。

「あー、そっちは今はまだいいから」

優佳は慌てて止めた。データをもとに講釈を始められたら、最低一時間を無駄に費やすことになる。どうせ聞いても一割もわからないのだ。

「それじゃあ、落款印とかいう奴の方だ。三厨のところの北斎の絵の画像データと照合した。間違いない。そっくりだが、十分の一ミリ程度の微妙な差異が幾つかある。こいつが贋印造りの作だってんなら、逆に三厨の絵は本物という傍証の一つにはなるな。いずれにしても、かなり精巧な贋印らしいな」

そうか。あの秀玄という男も、なかなかの腕前だったわけだ。

「よし、わかった。ありがと。次はこれなんだけど」

優佳はバッグからジップロックを取り出した。中には、秀玄の贋落款印から優佳がアルミパウダーを使ってシールに写し取った、梅屋基次郎の指紋が入っていた。

「ふん、指紋か」

シールを一瞥《いちべつ》した宇田川が、ぼそっと言った。いつものように、愛想のない返事とは裏腹に目は輝き始めている。さっと手を出し、指の太さのわりには敏捷《びんしょう》な動きで、指紋をスキャナーにかけた。

「で、照合だな」

「お願い」

十分ほどで作業を終え、梅屋の指紋をデータに納めた宇田川は、すぐに自前の指紋照合ソフトを立ち上げた。画面に対象の指紋を呼び出し、直ちに照合を始める。結果が出るには、三分もかからなかった。

「駄目だな。一致指紋なし。と言っても、この前預かったブツから出た指紋は、あんたのと例の鵜飼って同心と源七って岡っ引きのを除けば、二人分だけだ。しかも割合は九対一」

ならば、九がお実乃で、残る一は鶴仙堂だろう。鶴仙堂の指紋も採っておけば良かったが、奴の体はもう土の中だ。

「ま、正直、一致指紋がある可能性は低いと思ってたから、そうがっかりはしないけど」

家中の指紋を採取してきたわけではないので、一致指紋がないからと言って梅屋がお実乃の家に行かなかったという証拠にはならない。今回は、指紋が決定的な役割を果たす可能性は低いだろう。もっとも、宇田川はそんなことはおかまいなしだ。梅屋の指紋を画面で拡大したりひっくり返したりしながら、「どうも平凡だな。もっと面白い指紋はないのかな」などと一人で呟いている。

「で、今日はこれだけか」

秀玄の落款印と前回預けたものを優佳に返すとき、宇田川は名残惜しそうな顔をした。それらの品は早く伝三郎に引き渡さねばならないのだが、代わりに預けるものがないので不満なのだろう。

「うん、これだけ」

宇田川はあからさまに、なあんだ、という顔をした。

「これで全部終わりってわけじゃない。また何か出次第、持って来るから」

宇田川はそれを聞いて、幾らか機嫌を直したように「わかった」と言った。やれやれ、まったく子供を扱っているみたいだ。

「で、贋作事件の方だが、三厨に説明する方法、見つかったのか」

説明する方法、ねえ。今は殺人事件の犯人《ホシ》を挙げるのが最優先なんだけどなあ。しかし、報酬をもらう以上は、素直に従わねばなるまい。

「それはまだ無理。殺人犯を捕まえてから、ゆっくり考える」

自分でも、つれない言い方だな、と思ったのだが、宇田川は単に「あ、そう」と反応しただけであった。

翌日のことである。おゆうは馬喰町の番屋で、源七の話を聞いていた。源七は、鶴仙堂に続いてお実乃の周辺を探っていたのだ。

「で、近所を聞き回ってみたんだが、鶴仙堂の他に男の影はねえなあ」

源七は首筋を叩いた。贋作の件以外に、痴情のもつれ、三角関係といった要素はないか、一応確かめてみた、というところだ。案の定と言うか、そういう話は拾えなかったらしい。

「阿栄さんの周りでも、身持ちが悪い、って噂は特になかったそうですからねえ」

おゆうも相槌を打った。

「うん。ただ、お実乃の様子を窺っているような中年男が、二、三度見られてる。何者かわからねえが」

「様子を窺っているような男、ですか。何でしょうね。顔はわからないんですよね」

「ああ、顔を覚えてる奴は居なかった」

少々頼りない話のようだ。誰だろう。お実乃に岡惚れした無関係の男か、鶴仙堂の指図でお実乃が浮気しないよう見張っていた奴か。今のところ重要ではないように思うが。

「貞芳さんのところを飛び出した、ってのは、やっぱり絵のことで考えが合わなかったからなんですかねえ」

「まあ少なくとも、男絡みじゃねえよな。お実乃が鶴仙堂の世話になるのは、貞芳の家を出てから後の話だし」

他にまだ鶴仙堂に贋作を買わされた者が居たとしても、お実乃が贋作を売った形跡はなく、お実乃まで殺す動機がない。お実乃が絡んだ贋作は、唯一、あの北斎の絵だけのようだ。痴情も金銭も関わりないとすれば、容疑者は結局、梅屋ぐらいなのだが……。

「貞芳との最後の親子喧嘩は、相当派手だったらしいぜ。裏の煮売り屋の女房が言ってた。何でも、あんたなんか親じゃない、てなことを大声で喚いてたそうだ」

「そりゃあ、ずいぶんですねえ。まあ、それきり家を出ちまうくらいだから」

そう言ってから、おゆうはちょっと首を傾げた。

「でも、絵について考えが合わなかったからって、親じゃない、なんて言うほど揉めるんでしょうかねえ」

芸術家には自己主張が強い者が多いにしても、少し度が過ぎるような気がした。

「その辺は、俺に聞かれてもなあ。絵のことがもとで喧嘩になったんじゃねえかってのは、誰が言い出したんだい」

「それは、阿栄さんですけど」

「阿栄さんだって、直に聞いたわけじゃねえんだろ。なら、もっといろいろ、溜まってたこととかあったんじゃねえのか。親子のことなんざ、他人にゃなかなかわからねえぜ」

それはまあそうですが、と応じたとき、番屋の戸がガラリと開いて、伝三郎が入って来た。

「あ、鵜飼様……あれ、どうしたんです。浮かない顔ですね」

伝三郎の顔は、いかにも不満気だった。何か面白くないことでもあったようだ。

「どうしたもねえや。何だかおかしなことになってきたぜ」

どしんと勢いよくおゆうの隣に腰を下ろすなり、伝三郎は言った。

「おかしなこと？」源七も眉根を寄せた。

「ああ。直々《じきじき》に御奉行から呼ばれたんだ」

「御奉行様に？　それで、何事だったんです」

奉行が同心を直接呼んで話をするのは、そうそうあることではない。それは往々にして、良くない話であったりする。

「それがな、西海屋について、何を調べてるのかと聞かれたんだよ」

「えっ！」

「で、仕方ねえからこの前西海屋へ行ったときの話をしたんだ。そうしたら、ただ、そうか、と言われただけで終わっちまった」

「それって、どういうことなんでしょう」

「どうもなァ。御奉行ははっきりとは口に出さねえが、西海屋に余計な手は出すな、って暗に釘《くぎ》を刺されたような気がしたぜ」

「そんなことって……」

　おゆうは昨日、西海屋で目にした光景をありありと思い出した。

「鵜飼様、実は昨日の話なんですが……」

　戸山のことを聞いた伝三郎は、目を丸くした。

「戸山様が？　いったいどうして西海屋に……あのお人は、大店と直に親しく付き合うことは、あんまりしねえんだが」

「御奉行様の意を受けて、ということでは？」

　伝三郎は、うーんと唸ると腕組みをして考え込んでしまった。

「おうい、伝さん、居るかい。邪魔するぜ」

　突然そんな声がして戸が開けられ、太目で童顔の同心が顔を見せた。伝三郎の同僚、境田左門《さかいださもん》だ。

「何だい左門、都合よくこんなところに現れやがって」

「さっき御奉行に呼ばれたろ？　どんな話だったのか気になってな。ここに居るんじゃねえかと思って来てみたら、案の定だ」

見透かされていたかと、伝三郎は舌打ちした。境田は、おゆうに目を向けてニヤッと笑った。

「で、何だったんだい」

境田は源七を押し出すようにおゆうの脇に座った。両手に花ではないが、おゆうは伝三郎と境田に挟まれる形になった。

「それがな……」

伝三郎は、西海屋を巡る一連の話を、境田に聞かせた。境田は、ふんふんと頷いていたが、おゆうには意外なことに、西海屋から戸山が出て来たくだりを聞いても、驚いた様子は見せなかった。

「どう思う？　西海屋と御奉行は、繋《つな》がりがあるようなんだが」

話し終えた伝三郎は、境田に聞いた。が、境田は、実にあっさりと答えた。

「ああ、あるよ」

「ある？　いったいどんな」

驚いて問い直す伝三郎に、境田は呆れたような顔をして見せた。

「おいおい伝さん、しっかりしてくれよ。御奉行は南町に来る前、どこに居たと思ってるんだ」

聞いた瞬間、伝三郎とおゆうは「あっ」と叫んだ。源七だけは話が見えないようで、当惑気味の視線をあちこちに向けた。

「そうか……長崎か」

筒井和泉守政憲の前職は、長崎奉行だったのだ。内与力の戸山は幕臣ではなく筒井家の家臣だから、和泉守に付き従って長崎に赴任していたに違いない。だとすれば、長崎でも出島《でじま》に出入りできる有力商人である西海屋とは、当然接点があったはずだ。長崎で世話になった筒井が南町奉行に栄転するとなって、西海屋は大いに喜び、多額の祝を贈っているだろう。

「これは鵜飼様、ちょっと面倒なことになりそうですね」

例のご大身が筒井和泉守ということはまずあるまいが、筒井はそれが誰か知っているかも知れない。西海屋とご大身のことを調べようとするたび、圧力をかけられるとなると、かなり注意せねばならない。

「うーん、そうだな」

伝三郎が唸った。が、境田の方はというと、存外に涼しい顔をしている。

「そんなに気になるかね」

「いや、だってお前……」

「別に、調べを手加減しろとか言われたわけじゃないんだろ？　だったら気にすることはねえさ」

「ずいぶん簡単に言うなあ」

「考えてもみろ。あの御奉行や戸山様が、少々の義理で大店のやってることに目をつぶれなんて言うかね。むしろ、千両箱をもらってても、何か悪だくみがあったら知らん顔でふん縛っちまうようなお人に思えるがねえ」

「おいおい、それはそれでまた大変だろうが」

「さあな」

境田は人を食ったように笑うと、肩を竦めた。こういうところは、伝三郎よりも太っ腹だ。

「でも境田様、西海屋の後ろに居るご大身の方は……」

「それも誰だかわからねえんだろ？　本当に居るのかも怪しいんじゃないのかい。古寺のお化けでもあるまいに、見えねえ相手を怖がっても始まらねえさ」

「あー、それは、まあ……」

さすがにここまでポジティブに言われると、逆に不安になった。やれやれ、ご大身の正体に見当でもつけば……。そこでおゆうは、ふいに固まった。

「うん？　何だ、おゆう。どうした」

伝三郎が気付いて声をかけた。おゆうは、はっとして我に返った。

「ああ、いえ。ちょっと考えてたことがあって、すみません」

そう言って微笑むと、伝三郎はそれ以上聞いては来なかった。源七は相変わらず当惑顔で首を捻っている。


その晩、優佳は東京の自分の部屋で、パソコンに向かっていた。手はキーボードとマウスの間を間断なく行き来し、キーワードの打ち込みと検索、スクロールを繰り返している。

（よーし、もうちょっとだ）

昼間、番屋で境田と話しているうちに、ふいに浮かんで来た考えだった。謎のご大身。どうやら江戸の聞き込みではなく、インターネットの力で割り出せそうだ。

優佳はこれまで検索した結果から選んだキーワードを入力し、最後に「北斎」を加えた。それで再度検索する。ヒットした結果をスクロールし、これは、というものを開いてみた。たっぷり五分ほどかけて、内容を読んだ。

「ビンゴ」読み終えた優佳は、静かな声で凱歌《がいか》を挙げた。

十

深川一色町の和田屋は、梅屋の言ったことを肯定した。

「はい、あれは今月の五日ですから、十二日前になりますね。おっしゃる通りです。手前の方の都合で、申し訳ないが、暮れ六ツ過ぎてから届けに来てくれないかと申しました。あの日は夕方まで、寄り合いで外に出ておりましたもので」

「梅屋さんが帰ったのは、何刻頃でしたか」

「さあて、それは……しかとは覚えておりませんが、六ツ半になる少し前と思います」

暮れ六ツ過ぎに来たのなら、そのぐらいだろう。しかし、梅屋から一色町までは三十二、三町、およそ半刻の道のりだ。梅屋が帰宅したのは四ツ近く。和田屋を出て一刻半も経っており、ざっと一刻分のアリバイがないことになる。一色町から六間堀までは、急げば半刻で往復できる。小網町は、帰路に寄り道するのに小半刻もあればい い。和田屋を出て店に帰るまでに二件の犯行を行うことは、充分に可能だった。

（状況証拠はまったく不利。あとは物証が出れば言うことないんだけど）

おゆうは和田屋の聴取を小半刻で終えると、その足で神田鍋町に向かった。ご大身の正体を、西海屋に確かめるつもりだった。伝三郎は奉行に釘を刺されたということなので、当面は西海屋に出入りできないだろう。それでも、三日前に一度訪問しているのだから、自分一人で問題はないはずだ。おゆうはためらうことなく、西海屋の暖簾をくぐった。

番頭と手代には顔を覚えられていたので、すぐに奥に通された。この前と同じ座敷だ。が、そこで小半刻近く待たされる羽目になった。同心の同席なしの女岡っ引き一人、と侮られているのかも知れない。そう思うと腹立たしかったが、ここは辛抱だ。

「お待たせいたしました。少々立て込んでおりましてな」

ようやく現れた西海屋は、待たせたことをさして気にした様子もなく、座についた。

おゆうも何事もなかったような顔で、丁寧に一礼した。

「お忙しいところ、お邪魔いたしまして申し訳ありません」

「さて、本日はどのようなご用でしょう」

西海屋の表情はこの前と同じだ。相変わらず、腹の内は読めない。

「一昨日ですが、南町の内与力、戸山様がお見えでしたね」

西海屋の眉が微かに動いた。

「よくご存知でございますすな」

「戸山様とは、お親しいのですか」

「はい。今の御奉行様が長崎奉行をなすっていたとき、戸山様も長崎でお勤めで、その頃に何かとお世話になりました。ご承知かと思いますが、手前どもの長崎店《みせ》は出島に出入りさせていただいておりますので」

「やはり、さようでございますか」

境田の言っていた通り、長崎時代からの縁か。

「一昨日は、どのような」

西海屋の目が、見てわかる程度に険しくなった。

「なぜ、それをお聞きに？」

岡っ引き風情が与力の動静を気にするなど、不遜だ、と言いたげだ。それはもっともだが、おゆうは知らぬ顔で続けた。

「戸山様には、内々のお役目の上で一方ならぬお世話になっております。私どもが西海屋さんを訪《と》うたことで、戸山様のお役目に差し障りがあってはいけませんので、一応」

こちらも与力の戸山とは直に接触できる関係だ、と暗に知らしめた。西海屋は一瞬考えたようだが、すぐに頷いた。

「ああ、さようで。であれば、別段内密にするようなことではございません。先ほど申しました通り、昔からのお付き合いでございまして、こう申しては失礼ではありますが、互いのご機嫌伺いのようなもので」

　ご機嫌伺い、ねえ。それだけじゃないだろ、と思ったが顔には出さない。

「ああ、そう言えば、あなたと鵜飼様がお見えになったことも、お話しいたしましたよ」

　西海屋は、しれっとして付け足した。この狸親父《たぬき》め。圧力をかけた、と言葉の裏で匂わせているのか。

「そうですか。ところで、今日は一つ西海屋さんに確かめさせていただきたいことがございまして」

「ほう、どのようなことで」

　変化の少ない西海屋の顔に、興味らしいものが浮かんだ。

「はい、北斎先生の絵をご所望だった、ご大身のお方のことです」

「は？」西海屋の顔は、興味から困惑に変わった。

「そのご大身は、お大名でもお旗本でも、都の堂上の方々でもございませんね」

「……何がおっしゃりたいので」

　西海屋は訝しげに問い返した。おゆうはどう言おうかと少し迷ったが、西海屋ほどの相手に小細工はやめることにした。

「ずばりお伺いします。絵を注文なすったのは、長崎出島の阿蘭陀商館長《カピタン》ではございませんか」

西海屋の表情に驚愕が現れた。だが、それも一瞬のことだった。西海屋は数秒黙っていたが、やがて溜息をついた。

「やれやれ。見抜かれてしまいましたか。頭のいいお方ですな」

昨夜、ネット検索で調べた結果だ。北斎に絵を注文した大名や旗本は何人も居るし、そんな名前はいちいちネットで見られる資料に記録されていない。だが、北斎の資料を見て行くと、気になる記述を見つけた。出島のオランダ人たちも北斎の絵を買い求めて持ち帰っており、その中にはかの有名な医師シーボルトも居たという。そして最近、オランダの博物館にあった江戸時代の日本を洋風の手法で描いた絵が、北斎の作と認定されたりもしていた。北斎は当時から国際的画家だったんだと驚いたが、時期的にはちょうど符合する。商館長ブロンホフが四年に一度の江戸参府を行うのは来年のことだ。記録によれば、ブロンホフはそのときに北斎に直接絵を発注している。しかし、それに先立って注文だけ先に行い、来年の参府で絵を受け取ろうとしたことも考えられる。

ブロンホフは赴任の際、単身赴任が条件であるにも拘わらず妻子を同伴し、幕府とトラブルになっている。それで江戸の絵師に勝手に絵を注文することにも慎重になって、幕府の反応を窺いつつ瀬踏みのつもりで、取引業者の西海屋に密かに仲介を頼んだ、というのはあり得る話だった。

「やはり、そうだったんですね」

「どうしておわかりになりました」

「絵の注文を人知れずなさりたいような、ご身分の高いお方で、西海屋さんと深い繋がりのある方、と考えていきましたら、自ずと」

ネット検索で知った史実には一切触れず、それだけ言った。西海屋は、いたく感心したようだ。

「ふむ、なるほど。確かに道理ですが、それだけで答えに行き着かれるとは、恐れ入りました」

「それで、絵の方はもう阿蘭陀商館へ送られたのですか」

「いいえ。手元にはございませんと先日は申し上げましたが、実はまだ手前どもの蔵にあります。カピタンが江戸にお越しの際に、お渡しする約束になっております」

「カピタンご注文の品に面倒事があっては、と嘘をつかれたのですね」

「申し訳ございません。その通りです」

西海屋は、悪びれもせず頭を下げた。やはり、カピタンには来年渡すことになっていたのだ。もし長崎に発送されていたら、贋作である旨を話してすぐ取り戻す必要があったが、ここの蔵にあるなら急がずとも良い。

「さて、それで親分さん、カピタンが注文主であったなら、いかが相成ります。これ

い。

が阿蘭陀商館長であるという推測を確かめたかっただけだ。その先は特に考えていな面と向かって西海屋に問われ、おゆうは答えに窮した。今日来たのは、例のご大身

「いえ、それは」

から、どうなさろうと」

「どうする、というものではありません。ですが、カピタンが絡んでいる、ということがわかっただけで、いろいろと得心のいくことがあるのです。今はそれで充分です」

「そうですか……それでは、このこと他言無用にお願いしたいのですが」

「と言われますと、やはりカピタンが絵を注文したことが表に出るとまずいのですか」

「はい。阿蘭陀商館が絵などを買う場合は、出島出入の絵師を通す決まりになっております。商館の方々はそれが不便だとお考えで、このたびは手前がカピタンから内々でお受けしたのでございます。ですので、表沙汰になりますといろいろ差し障りが」

やはり、思っていた通りだったようだ。カピタンは、その出島の絵師が気に食わないのかも知れない。おゆうは承知しました、わかりました、本日はありがとうございました、と畳に手をついた。西海屋は、そうですか、とだけ返した。肚の中ではどう思っているのか、相変わらず顔色からは読めない。

「ちょっとお待ちなさい」

おゆうは梅屋から出て来て通りを歩く娘の背後に近寄り、いきなり声をかけた。娘はびくっとして棒立ちになり、おそるおそる後ろを向いた。十六、七のそばかすの浮いた顔に、脅《おび》えが浮かぶ。

「梅屋のお登代《とよ》さんね。私のこと、覚えてるわね」

「は、はい……」

梅屋の下女、お登代は、俯いたまま震えかけた声で返事した。何か言いたいことがあるのは一昨日の様子でわかっていたが、やはり、女とはいえ十手持ちと対峙《たいじ》するのは不安なのだろう。おゆうはお登代の袖を引き、道端の茶店を指した。

「ちょっと話を聞かせてくれない？　良かったら、あそこでお汁粉食べながら」

お汁粉、と聞いてお登代の顔がぱっと明るくなった。気が変わらないうちにと、おゆうはお登代を促して茶店に入り、奥の床几に腰かけた。

「梅屋さんではいつから働いてるの」

「三年になります。下練馬《しもねりま》の村から出てきました」

年は十六で、両親と兄姉は百姓をしており、家族全員が食うのは大変なので、自分は奉公に出た、梅屋では料理洗濯掃除を一人でやっており、大変だが待遇は悪くない、というようなことを一通り聞いたおゆうは、汁粉を食べ終わるのを待って本題に入った。

「一昨日、私が帰るとき、裏木戸からこっちを見てたよね。何か言いたいことがあったんじゃない？」

「え、はい、それは……」

お登代は、また俯いてしまった。あんまり迫るような聞き方は良くないか、と思ったおゆうは、質問を変えた。

「今月五日のこと、覚えてる？　旦那さんが、夜四ツ頃に帰って来た晩だけど」

お登代は、あ、と呟いて、しばらくもじもじしていた。が、やがて話し始めた。

「はい……覚えてます。実は、あの晩から旦那さん、人が変わったみたいになってしまって」

「人が変わった？」

「心ここにあらずと言うか、ぼんやりしてたり、急に気難しくなったりで。お店の方もほとんど出なくなって、番頭さんも心配しておられます」

なるほど。これは事件の精神的影響とみて間違いあるまい。

「五日の晩、帰って来たときはどんな様子だった」

「はい、それが……何だかすごく怖い顔で、帰っておいででした。そのままお部屋に入って、お声をかけても返事がなくって。それであたしも、ちょっとおっかなくなったので、すぐ寝てしまったんです」

「ふうん。近寄り難い様子だったのね。それ以外に変わったことは」

「あの、変わったことと言いますか、旦那さんの足袋がなくなってしまって」

「足袋？」

「はい。あの晩履いておられたはずの足袋が、朝になって片付けようとしたんですけど、見つからなかったんです。旦那さんに聞いても、知らん、って」

「帰って来たときは履いてたのね」

「そうです。それと、草履なんですけど……」

「草履って、それもあの晩履いてた草履のこと？」

「はい。まだ新しい草履だったんですけど、朝になって急にそれを捨てろって言われまして」

「捨てろ、ですって」

「そうなんです。別に鼻緒が切れたり汚れたりした様子もないのに、どうしてかなって思ったんですけど、そのときも怖い顔なすってたんで、聞けませんでした」

「ふうん。それで、捨てたのね」

　そう確かめると、お登代はまたしても急に俯いた。どうしたの、と聞きかけると、いきなり「ごめんなさい」と謝った。

「何を謝ってるわけ？」

「あの……あんまりもったいなかったんで、お父っつぁんにあげようと思って。あんな上等の草履、お父っつぁん履いたことないから。それで捨てずに隠して……」

「謝ることなんかない。別に悪いことじゃないよ。で、その草履、まだ持ってるのね」

「持ってます」

「よし、私に売ってくれない？　これで」

「えっ！」

お登代はおゆうが取り出した一分金を見て、仰天した。それはそうだろう。ちょっといい草履が五、六足は買える金額だ。でも、おゆうにとってはそのぐらいの値打ちはあった。

「これで新しい草履をお父っつぁんとおっ母さんに買って、残りで何かお土産買いなさい。だからその捨てるはずだった草履、譲って」

お登代は目をぱちくりしながら、慌てて頷いた。

その宵《よい》、おゆうの家の火鉢の前で熱燗を啜りながら、伝三郎は西海屋での話を聞いて目を丸くしていた。

「カピタンが出てくるとは、恐れ入ったなぁ」

西海屋は他言無用にと言っていたが、これだけ重要な話を伝三郎に黙っておくわけにはいかない。

「私もびっくりです。もしやと思って言ってみたら、すぐ認めましたから」

「出島の絵師を通さずカピタンから絵の注文を受けただけでも、西海屋としちゃ決まりを破ってるわけだからな。そこへ贋作を摑ませたのがばれたらどうなるか。それを考えて鶴仙堂は震え上がったわけか」

「ええ、私が話を聞きに行ったときあれほど動揺したのは、そういうことだったんですね」

事が漏れたら、身の破滅どころか下手をすると、カピタン絡みの醜聞を恐れた西海屋、あるいは幕閣から抹殺されかねないと思ったのだろう。その辺の田舎大名を騙すのとは比べものにならない。

「梅屋も知ってたんだろうな」

「でしょうね。それで、梅屋のことなんですけど……」

おゆうはお登代との昼間のやり取りを話した。伝三郎は大いに興味を覚えたようだ。

「ほう。で、その草履は」

「これです」

おゆうは押し入れから、紙に包んだ草履を持って来た。包みを開いた伝三郎は、草履を持ち上げてじっと見つめたが、やがて眉根を寄せた。

「何もおかしなことはねえようだな」

「一見したところ、そうなんですけどね。今はもう夕暮れですし、明るいところでもっと細かく調べてみます」

言うまでもなく、草履はラボで宇田川に調べさせるつもりだ。伝三郎は、そうか、と言って草履の検証を諦め、包みに戻した。

「で、どう思う。カピタン相手の詐欺がばれて身が危うくなるのは梅屋も同じだ。西海屋と繋がりが深い分、梅屋の方がやばい。それで梅屋が鶴仙堂の口を塞いだ、ってことか」

「殺しのあった日の夜の梅屋さんの様子から考えて、下手人なのはほぼ間違いないと思います。あとは、草履からお実乃さんの家にあった絵の具の染みでも見つかれば、すぐにお縄にできるでしょう」

「ふむ、そうだな」

そう言ったものの、伝三郎はまだ何か考えている様子だ。

「鵜飼様、何か気になりますか」

「うん、鶴仙堂が秀玄を使ってやろうとしてた小細工だ。あれがどうもな」

アリバイ工作の件か。確かに被害者がアリバイを用意しようとしたことについては、はっきりした解釈ができていない。

「何かお考えがあるんですね？」

「ああ。もしかしたら、鶴仙堂は逆に梅屋の口を塞ごうとしてたんじゃねえか、と思ってな」

「あ、それは……」

ありえない話ではない。鶴仙堂の立場に立てば、梅屋を始末すれば贋作のことを知っているのは自分とお実乃だけになり、あれは本物ですと押し通せるかも知れない。

「じゃあ、鶴仙堂は梅屋を殺そうとして返り討ちに遭った、ってことになりますね」

「うん。そういう見方もできるってことだ。それと、忘れちゃいけねえことがあるぜ」

「え、まだ別のお考えが？」

「ああ。西海屋だよ」

「あ、西海屋……」

そうだった。鶴仙堂が西海屋に抹殺されかねないと震え上がったのなら、実際にそれが実行されたということは充分あり得る。

「カピタンに贋作を摑ませたら、まず信用を失って大変な目に遭うのは西海屋だ。確かに絵そのものはまだカピタンに渡ってねえからやり直しはできるが、贋作の企みがあったことだけでもカピタンの耳に入れば厄介だろ。関わってる連中のうち、梅屋は自分の腰巾着だが、鶴仙堂とお実乃はどう出るかわからねえ。それで、梅屋を使って二人を始末させた。どうだい、ありそうだろうが」

「なるほど……待って下さい、その場合、鶴仙堂の小細工は何だったんですか」

「そいつはわからん。だがな、鶴仙堂はこれを逆手にとって西海屋を強請《ゆす》ることもできたはずだ。何かそういう企みの下ごしらえだったかも知れねえぞ」

「はあ……」

また、頭が混乱してくる。鶴仙堂と梅屋と西海屋。誰が加害者で、誰が被害者なのか。最初に動き出したのは誰なのか。見る位置をちょっと変えれば、立場が入れ替わる。表と裏、裏と表。真筆と贋作。贋物と本物。おゆうは事件そのものが、誰かの手によって描き出された騙し絵のような気がしてきた。


「で、この草履がどうしたって？」

白手袋を嵌めた掌《てのひら》に、お登代から買い取った草履を載せて上下左右から眺め回していた宇田川が、ようやく聞いた。

「だから、それを犯人が犯行当時に履いてた可能性が高いわけよ。見たところ犯行の痕跡らしいものは何もないけど」

「いや、何もないわけじゃないな」

　宇田川は、新宿駅《しんじゅく》の案内表示でも読むような調子で言った。

「鼻緒の裏側に、微量だが染みがある。血痕じゃないとは思うが、染料か塗料かも知れんな」

　ぴったりだ。優佳はその発見に満足した。

「ようし、思った通りだね。それ、たぶん絵の具だよ。あの犯行現場から回収した絵の具の成分と照合してみて」

「ふん。犯人が足に絵の具を付けたまま、これを履いたってことか」

「そう。逃げるとき慌てて絵の具の皿に足を引っかけて、足袋で絵の具を踏んだのよ。その足袋は犯人が処分しちゃったけど」

「草履には絵の具がほとんど付かなかったから、すぐには処分しなかったのか」

「たぶん、拭き取ったんでしょうね。それでも犯行時の草履を使い続けるのはまずいと思ったか、気持ち悪いと思ったかで、下女に捨てさせたんだわ。見た目は異常ないから下女が取り込んじゃったんだけど、それは計算外だったわけね」

「なるほど」

　宇田川は草履を両手で恭しく捧げ持つと、デスクに置いた。

「微量だが、まあ問題はあるまい。二、三日でやっとく」

　そう言ってから宇田川は、草履を指で突っついた。

「この草履、後はどうするんだ。あんたが使うわけじゃないよな」

「使わないけど、どうすんの。もしかして、草履そのものを分析するの？　いくらか上等だけど、普通の普及品の草履だよ」

別に変わったものは使われていないのに、何を分析する気だと言いたかったのだが、宇田川は一言で返した。

「江戸の草履だぞ」

分析する理由は、それで充分ということなのだろう。

「いや、ちょっと待って。わずかでも目に見える絵の具の痕跡があるなら、奉行所でも証拠として使えるかも知れない。そのまま返して」

宇田川は明らかに落胆して、「わかった」と呟くように言った。


「へえー、なかなか面倒な一件みたいだねえ」

本所横網町《よこあみちょう》の料理屋で一緒にお昼を食べながら、おゆうからざっと話を聞いた阿栄は、まるで他人事のように言った。

「ちょっと阿栄さん、この一件は北斎先生の贋作がメイン……いやその、主役を張ってるんですからね。忘れないで下さいな」

「そりゃそうだけど、私も親父どのも、これといって目に見える害を受けたわけじゃないからさ。でも、あの梅屋って人のことも驚きだよ。まさか親父どのと一緒に勝川に居たことがあった、なんてねえ」

「そうなんですよ。結局、北斎先生への嫉妬が変な風に出ちゃったんですね。誰しも、どこでどんな風に思われてるかなんて、わかりゃしませんからねえ」

「できりゃ、どっかのいい男に思われてたいもんだね。あ、嫉妬は困るか。あんたなんて、それだけ別嬪なんだから気ぃつけた方がいいよ」

阿栄は牛蒡《ごぼう》の天婦羅《てんぷら》を箸で摘み上げながら、冗談めかして言った。

「何を言ってんですか。こっちは鵜飼様一人で手一杯ですよ」

「ははっ、こりゃごちそうさまだ。せいぜい頑張っておくれな」

「ほっといて頂戴。でも北斎先生は勝川一門を出てから大成なすったんですよね。梅屋さんも早くにそうすれば芽が出たかも、ってことは」

阿栄は箸を振った。

「親父どのは、勝川に居たときから充分売れてたからね。結局梅屋さんは、才がなかった、ってことなんだろうねえ」

それから阿栄はふと考えて付け加えた。

「そう言や、あの貞芳も若い頃、駒川に行く前は勝川に居たことがあったよ。親父どの、梅屋は覚えてないけど、その頃の貞芳のことはちょっとだけ覚えてる、って言ってた」

「え、貞芳も？」おゆうは首を傾げた。

「じゃ、昔のある時期、北斎先生も梅屋さんも貞芳さんも、みんな勝川一門に居たってこと？」

「そうみたいだね」

阿栄はそれにはあまり気を引かれた様子はなく、コハダの天婦羅に箸を伸ばした。

小網町の東側、箱崎町《はこざきちょう》の番屋で、松次郎はおゆうにじろりと厳しい目線をくれた。

「駒川芳清《ほうせい》だと？　そいつに何の用だ」

「芳清さんは、お実乃さんの父親、駒川貞芳の朋輩なんです。駒川一門に弟子入りして間もない頃からの付き合いで、貞芳さんもお実乃さんもよく知ってたみたいです」

「その芳清って奴のこたぁ、誰に聞いた」

「北斎先生の娘の阿栄さんです。阿栄さんによると、芳清さんは貞芳さんと梅屋さんがお仲間だったときのことを、よくご存知のはずだとか」

「貞芳と梅屋？　あいつら、知り合いだったのか」

松次郎はちょっと驚いたようだ。鶴仙堂ではなく、お実乃の父と梅屋に繋がりがあったなどとは、思いもしていなかっただろう。

「で、その芳清は、霊岸島界隈に住んでるってのか」

「そうなんです。ただ、界隈のどこに住んでるのかまでは」

松次郎は、またおゆうを睨んだ。おゆうはおとなしく返答を待った。この松次郎が自分をあまり快く思っていないことは承知している。女のくせに十手を、というだけでなく、鶴仙堂殺しの現場で、隠し事を伝三郎や源七に責められたのを見ているせいもあるはずだった。伝三郎と源七には納得してもらえたが、この松次郎には信用のおけない奴、とのレッテルを貼られたままなのだ。しかし小網町から霊岸島にかけては松次郎の縄張りだ。松次郎は最初から鶴仙堂殺しの捜査に加わっているので、話を通さず勝手に界隈を嗅ぎ回れば、さらに機嫌を損ねるだろう。ここは低姿勢で行かねば。

松次郎はしばらくの間、おゆうをじっと睨みつけていた。これは追い出されるのかな、とおゆうが心配になり始めた頃、松次郎はふっと息を吐いて顎を掻いた。

「お実乃の親父と梅屋、か」

ぼそっとそう漏らすと、いきなり立ち上がり、番屋の戸を開けた。どうしたものかとおゆうが迷っていると、松次郎は外に一歩踏み出しかけたまま、振り向いた。

「何してる。霊岸島だろうが」

「あ、はい」

おゆうは急いで松次郎の後を追った。

「そいつがまだ絵師をやってるなら、心当たりはある」

松次郎はそれだけ言うと、湊橋《みなとばし》を渡って通りをずんずん進んで行った。おゆうは遅れないよう速足で従った。知り尽くした界隈らしく、足取りに迷いはない。

霊岸島と川口町《かわぐちちょう》の境で左に折れ、五十間ほど進んで路地に入った。わりに小奇麗な長屋が、そこにあった。井戸端に居たおかみさんたちが、松次郎を見て「親分さん、ご苦労様」と挨拶した。おゆうには怪訝そうな顔を向け、無言で軽く頭を下げた。松次郎と女岡っ引きの取り合わせに、どこか戸惑ったようだ。

松次郎は一番奥まで入ると、「絵師　笠野芳斎《かさのほうさい》」と墨で書いてある障子に手をかけた。あれ、名前が違うぞとおゆうは思ったが、松次郎は考えがあるようで、お構いなしに呼ばわった。

「芳斎先生、居るかい」

「あァ？　松次郎親分か。何だい、絵の注文でも持って来てくれたのかい」

そんなことを言いながらのっそり出て来たのは、ごま塩の立派な髭《ひげ》を生やした細身の中年の男だった。髭が立派な代わり、頭は丸禿《まるは》げだ。年恰好は、梅屋と同じくらいか。

「注文なんぞあるもんか。ちょっと聞きてえことがあってな」

松次郎は上がり框に腰を据えた。芳斎はおゆうを見て意外そうな顔をした。

「親分が女連れとは珍しい。いい話でもあるのかい」

軽口を叩く芳斎に、松次郎は渋面で応じた。

「こっちの姐さんも同業だ」

「東馬喰町のおゆうと言います。初めまして」

芳斎は残念そうな顔をして見せた。

「こんな別嬪を連れて来て色気のない話とはな。まあ姐さんも座りな。で、何だい」

「ずばり聞くが、あんた、駒川芳清と名乗ってたときがあるのかい」

芳斎の目が見開かれた。

「こいつぁ驚いた。その名前で呼ばれるのは、何年ぶりかねえ」

松次郎が、ほらな、という視線を送って寄越した。おゆうは大きく頷いた。

「絵師が名前を変えるのはよくあるが、何か理由があったのかい」

「理由って、そりゃあ駒川一門を出たからさ。いつまで経っても売れなくてな。こりゃあもう、師匠からこれ以上四の五の言われるより独り立ちしようと思ったんだ。ま、いろいろあったがおかげさんで今は何とか食えてるよ」

畳敷きの六畳間には、下絵らしいものが広げられ、絵の具の皿も並んでいた。確かにあぶれているわけではないようだ。

「笠野って名前は、どこからです」

おゆうが聞くと、芳斎は頭を掻いた。

「なあに、絵の仕事がなかったとき、笠に模様を描いたりしてたからさ。洒落みたいなもんだ」

「それでだ、聞きてえのはその、駒川に居たときの話だ。駒川貞芳を知ってるかい」

「貞芳か。知ってるとも。ちょっと前に死んだらしいな。残念なこった」

「その娘の、お実乃は」

「無論、知ってるよ。最後に会ったのは、お実乃ちゃんが十四か十五のときだったかねえ。そう言や、お実乃ちゃんも絵師になったって聞いたな。今、どうしてるんだろうね。歳から考えると、もう嫁に行ったかね」

松次郎とおゆうは、一瞬顔を見合わせた。結局その先は、おゆうが話すことにした。

「お実乃さんは、殺されました。今月五日のことです。下手人はまだ捕まっていません」

「殺された？　お実乃ちゃんが」

芳斎は、顔色を変えた。大きな衝撃だったようだ。

「誰がそんな酷いことを……ああ、こちらの姐さんはその調べで見えたんだな」

芳斎は、おゆうの方に向かって居住まいを正した。

「よし、何でも聞いてくれ。お実乃ちゃんの仇《かたき》を討つってんなら、知ってることは全部話す」

「ありがとうございます。ではまず伺います。貞芳さんが勝川に居た頃のことは、ご存知ですか」

「ああ。貞芳は、二十二のときに勝川一門から移って来たんだ。勝川に居たのは三年ぐらいじゃねえかな。俺は最初から駒川で、入門して二年目の十八だったね。向こうが四つ上だったが、妙に気が合ってねえ。兄さん、兄さんってだいぶ世話になったねえ」

「その頃の話なんですが、勝川で貞芳さんと親しかったんでは、と思える人が居るんです。画名はわかりませんが、基次郎という人です。年はあなたと同じくらいですが」

「基次郎？」

芳斎の顔に、一瞬ながら妙な反応があった。おゆうはそれを心に留めた。

「ああ、そうだ。画名は確か……いや、忘れちまった。二十年近く前に絵師をやめて、商人になったんじゃねえか。貞芳が駒川へ移ってからも付き合ってて、俺も入れて三人で飲んだことも何度かあったよ」

「基次郎さんと貞芳さんは、ずっと仲が良かったんですか」

「そうだね、うん」

また微妙な反応があった。今度は松次郎も気付いたようだ。目が少し、険しくなった。

「そのお付き合いは、いつまで続いてたんです」

「いつまでって言うか……うん」

芳斎は語尾を濁し、目を泳がせた。何をためらっているんだ、とおゆうは訝しんだが、数秒で芳斎は心を決めたらしく、目を再びおゆうの方に据えた。

「貞芳が所帯を持つまでだ。実はな、貞芳の女房はお美津《みつ》と言って、貞芳より三年ほど先に死んでるんだが、これが初めは、基次郎の女だったんだ」

ええっとおゆうは驚愕して声を上げた。松次郎も目を剥いた。

「何だそりゃァ。貞芳は梅屋の女をてめェのもんにしちまった、ってのか」

「梅屋？」

「基次郎さんは、今は梅屋という店をやってるんです」

おゆうがそう言い足すと、芳斎の顔に安堵のようなものが浮かんだ。

「そうか。あいつも、今はちゃんとした暮らしをしてるんだな」

「ええ。あなたが知ってた頃の基次郎さんは、そうじゃなかったんですか」

「うん。あいつは絵師としちゃどうも駄目でな。それなりに一所懸命にやってたと思うんだが、やっぱり才がなかったんだろうね。貞芳の方はそこそこの腕だったから、一時は結構稼いでたんだよ。基次郎とお美津は惚れ合ってたんだが、所帯を持とうにも基次郎にゃ稼ぎがなかったからなあ」

「それで、当時はお金があった貞芳さんの方に、お美津さんがなびいたんですか」

「いやいや、そんな話じゃねえんだよ」

芳斎は目の前で手を左右に振った。

「実は、貞芳もお美津にほの字だったんだが、お美津が基次郎に惚れてるって気付いて、すっぱり諦めたんだ。けどな、そのうち基次郎の方が、このままじゃ自分はいつまで経っても芽が出ねえと悟って、自分にゃお美津を女房にする甲斐性がねえからと、貞芳に譲っちまったのさ」

「へえっ……梅屋にゃ、そんな侠気《おとこぎ》があったのか」

松次郎が感じ入ったように、腕組みして頷いた。

「基次郎と貞芳は、一晩中話し合ってたよ。俺は入れなかったんだが、最初は、そんな馬鹿なと言ってた貞芳も、終いには基次郎の気持ちを汲《く》んで、話を請けたんだ」

「でも……お美津さんの気持ちはどうだったんです」

松次郎は美談だと思っているようだが、おゆうには本人を無視して男二人で恋人を譲ると決めるなど、どうにも納得がいかなかった。

「あんたの言いたいことはわかるよ。けど、基次郎の心根も察してやってくれ。お美津さんは、基次郎が説き伏せたんだ。けどな、あいつは祝言の前の日に姿を消しちまった。自分が近くに居ると邪魔だと思ったんだろうが、あいつも辛かったんだろうよ。貞芳とお美津の方も、何となく居づらかったようでね。祝言の後、すぐに引っ越して行っちまった」

「え？　あなた、貞芳さんとはずっと付き合ってたんじゃないんですか」

「二人が引っ越して十年近く経ってから会う機会があってね。何だかんだ言って、俺も貞芳も絵師だからな。いつかはまた会うと思ってたさ。で、それから何年か行き来してたんだが、俺の方が一時仕事にあぶれてから、どうも疎遠になっちまった。お美津さんが死んだのも貞芳が死んだのも、ずっと後から聞いたって始末だ」

「基次郎さんとは、会うことはなかったんですね」

「あっちは絵師をやめちまったからな。姿を消してから一度も会ってねえ」

芳斎は、昔を思い出してか溜息をついた。

「人の一生ってのは、不思議なもんだなあ。お美津さんと一緒になった頃の貞芳は、絵師として羽振りは良かったのに、何年か前から食うに困って、贋作に手を出してたって噂だ。一方の基次郎は、絵師としちゃ食い詰めてたのに、今はひとかどの商人なんだろ？　そう聞くと、お美津さんは果たしてどっちが幸せだったのかって、考えちまうよなあ」

その通りだ、とおゆうは思った。せめてお美津自身に選ばせてやれば、どっちの人生になっても納得はできただろうに。

「みんな死んじまったか。貞芳も、お美津さんも、お実乃ちゃんも」

芳斎は、どこか遠くを見るような目になって、そう呟いた。

十一

東京中、いや日本中でジングルベルが鳴り響いているというのに、ＳＮＳではクリスマスデートやプレゼントの情報が、サーバーが過負荷になるくらい飛び交ってるというのに、自分はこんな殺風景なラボで、無愛想な分析オタクなんかと向き合って何をしているのか。優佳は肺活量計測に使えるほどの溜息を、胸の内で吐いた。

「さてと。こいつが結果だ」

優佳の胸の内を察する気などさらさらないらしい宇田川は、椅子の背に体を預けて、薄笑いのようなものを浮かべ、Ａ４用紙の束を差し出した。どうやら自分の仕事に満足しているらしい。

「あー……どうもありがと。それで、かいつまんで言うと？」

紙束をパラパラめくって、ほとんど理解できない化学式や単語が表になって羅列されているのを確認した優佳は、うんざりした顔を見せないよう一応気を遣いつつ言った。何十回となくこんなやり取りをしているのに、優佳が読んですぐわかるような報告書を作ってくれたためしがない。文句ひとつ言わずタダで分析してくれる以上、贅沢は言えないが、少しぐらいは配慮してもらいたいものだ。

「まず、絵の具らしきものは、天然鉱物由来の顔料。赤っぽい奴は、辰砂《しんしゃ》とかいう鉱石だ。中身は硫化水銀だよ」

それは、お実乃の家の畳に付いていた絵の具だ。肝心なのはその先だ。

「で、その顔料は……」

「わかってる。草履の鼻緒に付いてた微量の顔料と同じものだ。満足かな?」

「そうか。うーん、でも満足かって言うと……」

絵の具は市販の普及品で、成分が同じだからと言ってお実乃の絵の具と一緒、という結論は出せない。が、そこで宇田川の口の端に、笑みらしきものが現れた。

「ふん、それだけで終わらせるものか。こいつを見ろ」

続いて宇田川が見せたのは、顕微鏡写真だった。繊維のようなものが写っている。

「これ、何?」

「畳から採ったとかいう絵の具のサンプルに、これが混じってた。あの草履の鼻緒の繊維と一致した。鼻緒から足袋に付いたものが、絵の具と一緒に畳に残ったようだな」

優佳は賛嘆の声を上げた。これならば、絵の具と併せて梅屋があの現場に足を踏み入れていた証拠になる。

「お見事。さすがだわ」

宇田川は彼なりのどや顔を見せた。

「軽いもんだ。で、他の毛髪だの何だのからは、二人分のDNAが採れた。九割は女で、あとの一割は男だな。指紋と同じく九対一の割合だ」

女は当然お実乃、男は鶴仙堂だろう。紐状の凶器があれば梅屋のDNAが採取できたかも知れないが、まだ見つかっていなかった。足袋同様、とうに処分されたと見ねばなるまい。

「こいつと照合するDNAはないのか」

「うん、まだなんだ。けど、顔料だけでも充分役に立つよ」

「そうか。じゃ、データストックしておく」

宇田川は、まだ何か面白い分析材料が出て来ないかと優佳に期待の眼差しを向けたが、優佳が何も言わないので、残念そうに眉を下げた。

「ところで三厨の方だが、できれば年内に結論が欲しいと言ってるぞ」

「年内？　てことは、江戸の暦で十二月の五日か六日頃だね。あと二週間か」

「もう一度言っとくが、三厨が納得できるような説明を付けて、だぞ」

「ああ、ああ、わかってるって。何とか考えるよ」

やれやれ。五十万稼ぐのは楽じゃない。江戸にはタンス預金が百両以上あるのに。

「世間はクリスマスだってのになあ……」

優佳はきらびやかなパーティーや落ち着いた店でのクリスマスデートをまた思い描き、溜息をついた。残念ながら切支丹がご禁制の江戸では、伝三郎とクリスマスなどあり得ない。

「ああ、クリスマスか」

宇田川は卓上カレンダーに目をやり、機械的に応じた。

「で、それが何か？」

神よ、この不遜で鈍感なヲタクに天罰を与えたまえ。

「さあ鵜飼様、よぉーくここを見て下さい。鼻緒のここ、裏側のとこ」

おゆうは宇田川から返してもらった梅屋の草履を、火鉢の脇に座る伝三郎の鼻先に差し出した。伝三郎は目を眇《すが》めた。

「ここって言っても、どうもわかりにくいが」

「じゃあ、これで見て下さいな」

おゆうは続けて拡大レンズを手渡した。

「なんだこりゃ。虫眼鏡じゃねえか。こんなの、どうしたんだ」

「西海屋で買って来たんです。阿蘭陀渡りの品ですよ。これならよく見えますから」

この時代であれば虫眼鏡も望遠鏡も国産化されているが、レンズの質はやはり舶来《はくらい》品《ひん》に劣る。その点、西海屋の品ぞろえはさすがだった。

「へえ、わざわざ買ったのか。どれどれ」

虫眼鏡で鼻緒を覗き込んだ伝三郎は、「ああ、これか」と納得の声を上げた。

「赤い染みみたいなのが、ほんの少しだけ付いてるな。こりゃ、絵の具か」

「それで間違いないと思います。お実乃さんの家で足袋に絵の具を付けてしまって、それが草履を履いたとき移ったんです」

「どうやらお前の言ってた通りの証しが出たな」

伝三郎は、草履から目を離して何度も頷いた。

「よし、梅屋をしょっ引こう。一緒に来てくれ」

「はい！」おゆうは帯に十手をさすと、きりりと顔を引き締めて立ち上がった。

伝三郎と二人で家の表口を出ようとしたそのときである。

「あっ、旦那。お出かけになるところでしたかい。丁度良かった」

下っ引きの千太と藤吉《とうきち》を連れた源七が、急ぎ足でやって来た。

「何だ、何か見つけたのか」

「へい、六間堀から小網町までの道筋で、聞き込みを続けてたんですがね、どうやらお実乃の家から持ち出された絵を燃やした場所を、見つけやした」

「ほう、そいつはでかした。どこなんだ」

「六間堀から南へ下って、小名木川《おなきがわ》を渡ってから大川沿いに出たところに、霊雲院《れいうんいん》って寺がありやすが、その裏手、松平出羽守《まつだいらでわのかみ》様の屋敷との間に、ちょっとした空き地がありやしてね。夜ともなりゃ、まず人目はねえ場所だ。そこに浅い穴が掘ってあって、どうもそこで紙を燃やしたらしい灰と燃え残りが、少しだけ残ってたんでさ。千太の奴が見つけたんで」

源七はそう言って懐から懐紙に包んだものを出した。包まれていたのは、三センチ四方ほどの、片側が燃えた紙切れである。よく見ると、絵の具で何か描かれてあった。

「こんなのが三つ四つ、残ってました」

絵の切れ端に間違いなさそうだ。

千太が前に出て言った。これを見つけたことで興奮しているようだ。

「ようし、いいぞ。で、どうして見つけたんだ」

「へい。殺しのあった晩、夜回りの爺さんが小便がしたくなって、寺の裏手へ入ろうとしたとき、奥から提灯《ちょうちん》を持った男が出てくるのに気付いたんです」

「そんな夜遅くに、寺の裏からか。そりゃあ、誰が見ても怪しいな」

「おっしゃる通りで。それで爺さん、思わず身を隠したら相手はそのまま行っちまったそうです。で、安心して奥へ入ってみると、何だか焦げ臭いような気がしたんだが暗くて見えねえ。気になって朝になってから見に行ったら、紙をたくさん燃やしたらしい跡があって、火事になったらどうするんだと頭に来たものの、誰の仕業かわからない。まあ、結局何も害はなかったんで、そのまま放ってたんですが、今朝聞き込みしてたら、爺さんそれを思い出したってわけで」

千太はいくらか得意げに、滔々《とうとう》と述べ立てた。

「やるじゃない、千太さん」

おゆうに言われて、千太は照れ臭そうに頭を掻いた。すると源七に背中をどやされた。

「馬鹿野郎、いつまでも調子に乗るんじゃねえ。もう一つ肝心なことがあるだろう」

「あっ、すいやせん。その爺さん、提灯の明かりでそいつの顔が見えたそうです。昼間ほどはっきり見えちゃいないが、会えばわかるだろう、って」

「何、顔も見たのか。そりゃ有難え」

伝三郎の目が輝いた。

「そいつはどこに居るんだ」

「へい、永代橋の傍の番屋で待たせてますが」

「よし、こっちも梅屋が下手人だってぇ証拠を摑んで、奴をしょっ引きに行くところだ。その爺さんに面通しさせりゃ文句なしだ。お前たち、その爺さんを南大坂町まで連れて来い」

三人は、合点だとばかり小走りに駆けていった。おゆうも昂揚してきた。

「鶉飼様、いよいよ間違いないようですね」

「おう。その爺さんに梅屋の顔を見せて、奴に違いねえとなりゃその場でお縄だ。もう言い逃れはできねえぜ」

伝三郎はおゆうに明るい笑みを見せ、意気揚々と南大坂町へ向かった。

伝三郎とおゆう、源七、それに太平《たへい》という夜回りの爺さんは、ひと塊になって梅屋の斜向かいの小間物屋の影に身を潜めていた。梅屋の両隣の脇には、千太と藤吉が目立たないように張っている。六十を幾つか過ぎた太平はさすがに緊張気味で、何度も手をこすり合わせていた。

「爺さん、そう焦るなよ。いつ出てくるかはわからねえんだ」

源七が眉間に皺を寄せると、太平はいかにも済まなそうな顔で手を脇に下ろした。

暖簾の隙間からは、帳場に出ている梅屋の姿がちらちらと見えた。いつまでも番頭に任せて引きこもっているわけにいかなくなったのだろう。こちらとしては、幸いだ。

半刻近く待って、皆がしびれを切らしかけたとき、裕福な隠居風の客が梅屋の暖簾をくぐった。帳場から梅屋がぱっと立ち上がるのが、ちらりと見えた。どうやら馴染みの上客らしい。これは期待できそうだ。

しばらく経って、その客がふらりと出て来た。何か買ったのかはわからないが、果たして梅屋は客を見送るため、暖簾の外へ姿を現した。そこに居た全員が、さっと緊張した。

梅屋は客の後ろ姿に向かって深々とお辞儀をすると、こちらに背を向けて店の中に戻って行った。太平はじっとその様子を見つめていた。

「ようし、どうだ。奴に違いねえか」

伝三郎が笑みを浮かべて太平に言った。これで決まりだ、と思ったのだろう。だが、太平からは予想外の答えが返ってきた。

「いいや、旦那。似ても似つかねえ」

「何だとォ！」

「何ですって？」

「ええっ、どういうこった」

おゆうと伝三郎と源七は、一斉に声を上げた。

「おい、爺さん、いい加減なことを言うんじゃねえぞ。よく見たのか」

源七が詰め寄ったが、太平は全く動じなかった。

「見たともさ。あのときあいつは提灯を少し上げたから、顔はちゃんと見えたんだ。そりゃあ、俺だって夜目の利く方じゃねえさ。けど、そいつは痩せた背の高い男だったんだよ。あんな丸っこい奴じゃねえや」

言われておゆうは愕然とした。梅屋は背は低くないが、痩せたという形容詞からはほど遠い。

「ちょっと、そいつの見てくれをもうちょっと細かく言ってよ」

おゆうは太平をせっついた。目撃した人相風体の確認など、最初にやっておくべき手順だったのに、面通しに気が逸っておろそかにしたのが悔やまれた。

「だからさ。そいつは背がこう、高くって、痩せてて、だな、いま見た男より若くて、三十五、六の細面で……」

太平は覚えている限りのことを話した。聞いたおゆうたち三人は、ただ呆然として互いに顔を見合わせた。向かい側で隠れている千太と藤吉が、訝しげにこちらを見ていたが、誰も気にも留めなかった。太平が言った特徴に合う人物で、この一件に深く関わっているのは、一人だけだ。源七が青ざめた顔で、その名を漏らした。

「何てこった……それって、鶴仙堂じゃねえか」

太平を帰らせて一旦番屋に引き揚げたおゆうたち三人は、困惑した顔を互いに見合わせていた。

「いってえこいつは、どうなってるんでやしょうね」

思案に詰まった源七が、ぼやくように漏らした。伝三郎が苛立ったように睨んだ。

「うるさい。だからこうやって頭を絞ってるんじゃねえか」

草履の絵の具のことがあるので、それだけでも梅屋をしょっ引くことは可能だった。源七はそう主張したのだが、伝三郎は考えた揚句に、鶴仙堂と梅屋のやったことに筋道が立てられるまで、捕縛を見送ることにしたのだ。これまでの様子から梅屋が逃亡する可能性は低いと思われたが、念のため千太と藤吉を見張りに残してあった。

「とにかく、梅屋と鶴仙堂が二人ともあの晩、お実乃の家に行ったのは間違いねえ。となると、だ。贋作のことがばれそうになった、と思った鶴仙堂は、贋作を描いたお実乃の口を塞いだ。梅屋は西海屋の指図でそれに手を貸した。で、事が済むと、今度は鶴仙堂を始末した、ってえ筋書きが一番ありそうなんだが」

伝三郎はこめかみを指先で掻きながら、一つの解釈を示した。だが、それほど確信があるようには見えなかった。

「待って下さい。それなら、西海屋はあの絵が贋作だと気付いたってことですよね。でも贋作はまだカピタンに渡してないんですから、さっさと鶴仙堂に落とし前を付けさせて、新しく絵を注文し直せばいいだけでしょう。殺しなんて、大袈裟過ぎます」

おゆうの指摘に、伝三郎はがくっと肩を落とした。

「そうだよなァ……やっぱり西海屋が黒幕って構図は、どうもしっくりこねえな。おゆう、お前何か考えはねえのか」

「そう言われても……」

頼りにしてくれるのは嬉しいが、おゆう自身も五里霧中なのだ。源七はというと、脳味噌がオーバーヒートしたようで、あらぬ方向をぼんやり見つめている。

(秀玄にアリバイ工作を頼んでたんだから、お実乃さん殺しは鶴仙堂の計画的犯行、ってことになるよね……秀玄の話だと、二人の間には隙間風が吹いてたようだけど、殺そうと思うほど冷えきってたのかなぁ。西海屋が黒幕でないなら、梅屋はやっぱり西海屋に贋作がばれるのが怖くて鶴仙堂を殺ったんだろうか。いや、前にも考えた通り、それだけで殺すのは短絡的過ぎる。動機としちゃ弱いわね。親の仇でもあるまいに……)

そこで、ふっとおゆうの頭の中を何かがよぎった。何だ、今のは？　おゆうはしばらく黙って、それを追いかけた。やがて、パズルの断片がカタカタと動き出し、その何かを目指して一つに集まり始めた。

「おい、おゆう、どうした。心ここにあらずだな」

その声で、我に返った。伝三郎が怪訝な顔でこちらを見ていた。

「ええ……西海屋さんは、殺しに関わっちゃいません……」

おゆうは唐突に、呟くようにそれだけ言った。それから、ぐっと顔を上げて伝三郎にはっきりと言った。

「鵜飼様。確かめたいことがあります。一両日、待っていただけますか」

伝三郎は、一瞬顔に驚きを表したが、すぐにニヤリとした。

「どうやら、頭の中の歯車が嚙み合ったようだな」


梅屋を見張っていた藤吉は、おゆうがさっき隠れていた小間物屋の脇に戻って手招きしたのに気付き、さっと駆け寄って来た。

「へい、姐さん。お指図が来やしたかい」

「お指図というかね。あんたのお得意をちょっとやってもらいたいんだ」

「お得意？　ああ、何かに化けるんですね」

藤吉はしたり顔で頷いた。藤吉は幼い頃から芝居好きで、役者になろうと修行しかけたこともあり、素人相手なら充分騙せるくらい変装が上手かった。

「そういうこと。あれよ、あれ」

おゆうは丁度現れた棒手振りの八百屋を手で示した。藤吉はちらりと見て、胸を叩いた。

「任せておくんなせえ。で、何をやれば？」

小半刻の後、藤吉扮する八百屋が梅屋の裏に入って行った。おゆうが小間物屋の陰から見守っていると、数分で藤吉は梅屋から出て来た。表通りに出たところでちらっとおゆうに目配せし、藤吉は離れて行った。おゆうは、今度は反対側でこの様子を見ていた千太を呼んだ。

「姐さん、いってぇこりゃ何の仕掛けで？」

「梅屋をお縄にまで持って行くための策よ。黙って言う通りにして。あんたは中の様子を窺って、梅屋が夕餉《ゆうげ》を終えたら私に合図して。いいわね」

「夕餉を、ですかい？　何だか良くわかりやせんが、わかりやした」

千太はややこしい返事をして、すぐに持ち場についた。

やがて暮れ六ツの鐘が鳴り、番頭が暖簾をしまって店の戸を閉めた。それから待つこと半刻近く。辺りがすっかり暗くなった頃、千太が表通りの提灯の明かりの中に出て来て、手を振った。おゆうは手を振り返し、それから五分ほど待って通りを渡ると、梅屋の戸をどんどん、と叩いた。

「はい、何ですか。あ、これは先日の女親分さん。何事です」

潜り戸を開けた番頭が、驚いた顔で言った。

「急ぎの事です。梅屋さんは、夕餉を済まされましたか」

「え、はい。つい先ほど」

「えっ、そりゃいけない。通りますよ」

おゆうはできるだけ切羽詰まった雰囲気を出し、戸惑う番頭を押しのけるように店に入り込むと、そのまま奥へと進んだ。

「えっ、これは、ええと、おゆう姐さんでしたか。いったい何なのです」

梅屋は唐突に押し入って来たおゆうを見て、啞然とした。おゆうは考える余裕を与えないよう、すぐさま畳みかけた。

「夕餉に、青菜か何か食べられましたか」

「はあ？　ええ。どうしてご存知なので。それがどうかしましたか」

「その青菜を売った八百屋ですが、いつもの人とは違っていませんでしたか」

「え？」

梅屋はおゆうを追って奥に入って来た番頭と顔を見合わせた。そしてすぐ、下女を呼ぶように言った。

番頭に呼ばれたお登代が、何か叱《しか》られるのかと怖がる様子で、ぱたぱたと現れた。おゆうの顔を見てぎょっとしたが、何も言わないだけの分別は持ち合わせていた。

「なあお前、今日野菜を買った八百屋は、いつもの男と違ってたのか」

番頭がそう問うと、お登代は気付かれない程度にちらっとおゆうを見た。おゆうが目で安心しろ、と伝えると、どうやら理解したようだ。はいと頷いて話し出した。

「確かにいつもの人とは違ってました。おっ母さんの具合が急に悪くなって、商売の身代わりを頼まれたとか言ってました」

「やっぱり！　梅屋さん、その青菜、毒が仕込まれていたかも知れません」

「な、何ですって！」

梅屋と番頭は、真っ青になって飛び上がった。

「た、食べてしまいました……」

「口を開けて！　ちょっと失礼して、調べます」

梅屋は言われるままに口を開けた。おゆうは懐から綿棒を取り出し、梅屋の口の中に突っ込んであちこち探り回した。そうしておもむろに綿棒を抜き出すと、よく見て確かめてから懐紙に包み、懐にしまった。

「ふう、良かった。黒ずみも腫れも火膨れのようなものもありません。どうやら、毒は仕込まれていなかったようです」

「ええっ、そうですか。助かりました。でも、いったい誰がそんなことを……」

「正直、誰かはまだよくわかりません。ですが、今度の一件は贋作に絡んで相当大きな裏があるようです。梅屋さんの命も狙われることがあるのでは、と私たちも気を付けていたんですが、急に見慣れない八百屋が現れたもので。お騒がせして申し訳ありません」

「で、ではその、もう大丈夫なのですか」

「はい、今は大丈夫です。これから、八百屋を捕まえて事情を確かめておきます。どうも失礼いたしました」

おゆうは一礼して立ち上がった。梅屋と番頭は、まだ半ば呆然としている。嵐のような出来事に度肝を抜かれ、正常な判断力を失っているのだろう。冷静に考えれば、これがどれほど馬鹿馬鹿しい話かわかるはずだが、思惑通りだ。お登代だけは、落ち着いていた。おゆうは去り際に、お登代に目で礼を言った。お登代も今のことに何の意味があるのか理解できないだろうが、おゆうの策略であることだけはわかったらしい。やはり目で、わかりましたと告げてきた。勘の鋭い子だ。おゆうはちょっと微笑んだ。

おゆうは千太に、梅屋が寝静まったら帰っていいと告げて、急ぎ足で家に向かった。家に着くとすぐに戸締りし、押し入れの通路を開けて潜り込んだ。懐にはさっきの綿棒を大事に抱えたままだ。以前の事件でもそうだったのだが、口腔内のＤＮＡを採取する場合は、どうしてもこんな面倒な小細工が必要になる。

東京の自分の部屋に入った優佳は、綿棒を小型のジップロックに移し、時計を見た。もう九時だ。宇田川はまだラボに居る可能性が高いが、外線電話は終業時にオフにされている。優佳はためらわず、スマホで宇田川のケータイに電話した。

「はい」

十回もコールしてから、宇田川の面倒臭そうな声が聞こえた。宇田川は電話を好まないのだが、そんなことを斟酌《しんしゃく》してはいられない。優佳は前置き抜きで切り出した。

「私。いきなりで悪いけど、大至急ＤＮＡ鑑定をお願い」

第四章　本所のクリスマス

十二

二日後の八ツ過ぎ。おゆうと伝三郎、源七、松次郎の四人は、揃って梅屋の暖簾をくぐった。帳場に出ていた梅屋は、びくっとして顔を上げた。

「おう梅屋。ちょいと話を聞かせてもらいてえ。上がるぜ」

伝三郎が有無を言わせず睨みつけると、梅屋はおとなしく、はい、奥へどうぞと返事した。様子から全てを悟ったのだろう。その顔には、何か諦念のようなものが表れていた。番頭は棒立ちになり、何も言えぬままおゆうたちが通るのを見つめていた。

「本日は、お役目ご苦労様でございます」

梅屋は伝三郎の前で、畳に手をついた。

「さて、梅屋。お前にゃ、確かめたいことがいろいろとある。わかってるな」

「はい、何なりと」

伝三郎は「よし」と頷き、おゆうに始めろ、と促した。おゆうは軽く一礼し、口火を切った。

「単刀直入に伺います。梅屋さん、あなたは前にお伺いしたとき、嘘をつかれましたね。鶴仙堂が用意した北斎先生の絵が贋作だと、承知していたんでしょう」

梅屋の表情は、さして変わらなかった。

「なぜ、そう思われますので」

「順を追ってお話しします。まずお実乃さんが殺された晩のことです。あなたは、お実乃さんの家に行きましたね」

今度は、梅屋の表情が強張った。

「私は、お実乃さんを殺しておりません」

「ええ、それはわかっています。あなたはお実乃さんを殺していません」

おゆうは、はっきりと言い切った。

「あなたはお実乃さんの家に入った。そこでお実乃さんの死体を見つけ、動転して、暗い中で赤い絵の具の入った皿に躓き、足袋に絵の具をべったり付けてしまいました。畳に残った跡で、それがわかります。そしてあなたは店に帰ってから汚れた足袋を処分し、足袋から草履に付いた絵の具を拭き取りました。それでもどこか不安だったあなたは、下女のお登代さんに草履を捨てるよう言った。でも、お登代さんはまだ新しい草履がもったいなくて、そのままとっておいたんです。それを、私が手に入れました。鼻緒の裏に、拭き取れなかった絵の具がほんの少し、付いていましたよ。これは立派な証拠です」

「……おっしゃる通りです」

梅屋はうなだれ、素直に話を認めた。

「では親分さんは、誰がお実乃さんを殺したのか、ご承知なのですね」

この問いかけにおゆうは頷き、再びはっきりと告げた。

「はい。鶴仙堂です」

梅屋はふっと軽く息を吐いた。それはまるで、満足を示したかのように思えた。

「鶴仙堂も死んでいるので、ここからは推測しかできません。鶴仙堂は、あなたから北斎先生の絵が手に入らないか相談されたとき、お実乃さんが北斎先生の模写をしていたことを思い出した。それで、模写に贋の落款を加えて贋作に仕立てることにしたのです。けれどお実乃さんは、自分の模写がそんな風に使われるのが嫌で仕方なかった。真っ当な絵師なら当然です」

梅屋の目が、次第に潤んできた。おゆうはそれに気付いたが、そのまま先を続けた。

「でも欲に目が眩《くら》んでいる鶴仙堂は、そんなお実乃さんにさらにこの先も模写をもとに贋作を作り続けるよう、迫ったのでしょう。暮らしを鶴仙堂に頼っているお実乃さんは逆らえない。それでもお実乃さんは、万一のための武器を取り込みました。秀玄に作らせた贋の落款印です。お実乃さんは、それを自分の家に届けさせました。それを引き出しの奥に隠し、贋作造りの証拠として残したのです」

梅屋はそこまで聞いて、俯きながら微かに頷いた。

「やがて鶴仙堂は、お実乃さんが落款印を隠したことと、それを鶴仙堂の罪を暴く切り札にしようと考えていることに気付きました。もともとお実乃さんも、鶴仙堂を好きだったと言うより、暮らしのためにやむなく世話になっていたのでしょう。秀玄が言ったように、二人の仲は睦まじいとは程遠いものでした。それが、落款印のことでさらに大きな亀裂が入ったのです。そしてそこへ、最後の一押しです。私が贋作に関わる調べで鶴仙堂を疑い、話を聞きに行ったことで、鶴仙堂を震え上がらせてしまったのです」

ここでおゆうは唇を噛んだ。結果的にではあるが、おゆう自身がお実乃殺しの引き金になったことは、やはり辛い。真相を全て明らかにすることが、それに対する自分の責任だ。そんな考えが、心の奥にあった。

「絵の頼み人が出島のカピタンであることは、ご存知ですよね。鶴仙堂も、贋作が露見したらどれほどの騒動になるか承知していました。それで、全ての証拠を消すことにし、お実乃さんを殺して家にあった絵を全部、焼き捨てたのです。でも、落款印は見つけ出せなかった。おかげで私たちが、手に入れました」

ここでおゆうは口調を変え、静かに言った。

「絵を全て焼くということは、お実乃さんの絵師としての全てを消してしまうことです。お実乃さんにとってそれがどれほど残酷なことか、鶴仙堂にはわかっていたのでしょうか。でも、絵師であったあなたにはわかりますよね。お実乃さんは、二重に殺されたのです。そしてあなたはそれが、断じて許せなかった」

おゆうはここで言葉を切り、梅屋を見た。唇が震えていた。おゆうは同情のこもった視線を梅屋に注ぎ、ゆっくりと言った。

「お実乃さんは、あなたの実の娘さんですね」

おゆうは二十四年前の出来事に思いを馳せた。お実乃の母、お美津と後に梅屋を興す基次郎は、惚れ合っていながら所帯を持つ経済力がなかった。そんな中、お美津の妊娠がわかり、母子を養えない基次郎は、友人で、当時羽振りが良かった駒川貞芳と話し合い、母子を託したのだ。惚れていたとは言え、基次郎の子と知った上で妊娠中のお美津を妻にした貞芳の心情は、どんなものだったか。それを機に、二人の仲は疎遠になったという。

これといった証拠があったわけではない。しかし、芳斎が証言した梅屋基次郎と駒川貞芳、お美津とお実乃の深い関係は、偶然とするには出来過ぎていた。それに秀玄の話も加えて考えると、鶴仙堂がお実乃を口封じに殺し、直後にそれを知った梅屋が鶴仙堂を殺して娘の仇を討った、という筋書きが、最もうまく今度の一件を説明できることに思い至ったのである。

　この推測を裏付けるには、お実乃と梅屋が親子だという証明が必要だ。そこでおゆうは一昨日、千太と藤吉を巻き込んで無理やりの小芝居を打ち、梅屋の口腔内壁からDNAを採取したのであった。千太、藤吉、源七には、黒幕が命を狙っていると梅屋に思わせ、自白を引き出すつもりだったが、うまくいかなかったと説明しておいた。三人は首を傾げたが、おゆうが変な行動を取るのに慣れっこになっている彼らは、うやむやのうちに了解してしまった。

「親子関係の確認だと？」

　電話に出た宇田川は、意外そうな声を出したが、新たな分析と聞いて、やってやるからすぐ持って来いと言ってくれた。ラボのスタッフはもう全員退社していたが、宇田川は一人で優佳を待っていた。

「これなんだけど。これと、前に渡した証拠品から採取してくれた女性のDNAを照合して、親子関係の存在を確認してほしいの」

　ジップロックに入ったままの綿棒を受け取ると、宇田川はそれをじろりと睨んだ。

「わかった。しかし急ぎと言っても、一日はもらわないとな。アナライザーの使用予定に割り込まにゃならんし」

「悪い。面倒かける」

　宇田川は、ふんと鼻を鳴らした。

「ま、もともとこっちが持ちかけた調査が発端だからな」

おお、宇田川にしては良識ある言葉だ。

「髪の毛とかいっぱいあったから、照合するDNAは充分よね」

「髪の毛？」

宇田川は、よく浮かべる人を小馬鹿にしたような表情になった。

「あれは櫛とかに付いてた抜け毛だろ。親子鑑定するには、髪の毛の場合、毛根からDNAを採らなきゃならん。毛根付きの毛なんて、なかったぞ」

「えっ」

優佳はぎくりとした。親子鑑定に必要なお実乃のDNAがさらに必要だとしても、遺体はもう埋められている。

「毛根以外だと、何が」

宇田川は綿棒を指し示した。

「一般的にはこれが一番だってのは、知ってるよな。あとは血液とか皮膚片だ」

「血液に皮膚片……」

まずい。埋葬された遺体の一部をもぎ取ってくるような度胸は優佳にはない。途方に暮れかけたが、宇田川は平然としていた。

「何を焦ってる。ちゃんと皮膚片は採取してるじゃないか」

「え？　そんなのあったっけ」

「受け取った証拠品の中に、垢すりが入ってたろうが」

「あっ……」

垢すりか。回収した時はよく考えずに、手近で目に留まったものを袋に放り込んだだけだったが。確かに垢すりなら、繊維に皮膚片がいっぱい入り込んでいるだろう。

「宇田川君……あんた、もしかして天才？」

いくらかの尊敬をこめて、そう言ってやった。だが、宇田川は顔をしかめた。

「天才？　こんな程度の話に、天才の頭脳なんか必要なわけないだろ」

もうちょっと言い方はないのか。

そして翌日深夜、結果はメールで、ＰＤＦファイルを添えて送られて来た。

「対象者の親子関係の存在確率は、九九・九パーセント」

梅屋とお実乃に関する推測は、科学的に証明された。

一方、伝三郎や源七にこの話を納得させるには、もう少し時間がかかった。

「いくら何でも、お実乃が梅屋の娘ってのは話が飛び過ぎじゃねえのかい」

源七は目を白黒させた。伝三郎もどう解釈していいのかわからないという顔つきだ。

「梅屋さんは、貞芳さんにお美津さんを託しました。正直、お美津さんと二人だけなら、暮らしがどれだけ苦しくても何とかなったと思うんです。でも、お美津さんは身籠っていた。自分の今の甲斐性じゃ、子供と三人では無理だとわかってたんですよ。絵の道をすぐにあきらめたら、何とか食べていく方法はあったでしょうが、そのときは踏み切れなかった。それで、お美津さんと子供の幸せを考えて、心を鬼にしたんです」

「けど、身籠ってたってのは本当に間違いねえのか」

源七は半信半疑の態で、しきりに首を捻っている。

「確かに貞芳さんもお美津さんも亡くなっているので、証言できるのは梅屋さんだけです。けど、貞芳さんが祝言を挙げてすぐ引っ越したのは、近所にお美津さんが既に身籠っていることを知られたくなかったからだ、と思います。それ以外に慌てて引っ越す理由はないはずです」

源七は、うーんと呻《うめ》いて伝三郎の顔を見た。

「旦那、どう思われやす」

伝三郎は返事をせず、しばらく腕組みして考え込んでいた。口を開いたのは、五分ほども経ってからだった。

「正直、証しはねえわけだ。だが、そう考えると全部の辻褄は、確かに合うな。で、どうする。このことを知ってる奴は、もう見つかるまい。梅屋に直にぶつける気か」

「はい、そのつもりです」

伝三郎はおゆうの目を見た。おゆうは目を逸らさず、じっと見返した。やがて伝三郎は、頷いた。

「わかった。それしかあるめえ。思うようにやれ」

「ありがとうございます」

おゆうは自分を信じてくれた伝三郎に、改めて胸が熱くなる思いがした。

「……親分さんの言われる通りです。もう隠し立てはいたしません」

梅屋は頭を垂れ、おゆうの言葉を肯定した。その眼から涙がこぼれていた。

「暮らしが立つようになってからも、片時もお美津と娘のことを忘れたことはございません。皮肉なもので、こちらの暮らし向きが良くなってくると、貞芳の方が売れなくなってきたのです。お美津が亡くなってからは、さらに悪くなって、贋作に手を出しているという噂が耳に入り始めました。それで、いっそ名乗りを上げてお実乃を引き取るということも考えましたが、これまで我が娘として育ててくれた貞芳のことを思うと、そんなこともできず、一人で気を揉むばかりでございました」

「お実乃さんが貞芳さんの家を飛び出したことは、すぐに知ったんですか」

「はい。実は、人を頼んで時々様子を見に行ってもらっていました。その人がある日聞いたのは、貞芳が贋作に手を染めたことをお実乃がなじる声でした。宥《なだ》めようとした貞芳に、あんたは実の親じゃないからそんなことが言えるんだ、と叫んで、家を飛び出したそうです。お実乃はいつの間にか、自分が貞芳の実子ではないことを知っていたんですね」

そうか。近所の人が聞いた「あんたなんか親じゃない」というような台詞は、その時のことだったのか。

「聞いて私は、愕然としました。これは放っておけないと、何とか六間堀の住まいを探し当てました。そこで絵師としては食うや食わずの暮らしをしていると知り、手助けできる方法がないものかと探っていたんですが、いつの間にか鶴仙堂が……」

梅屋の顔が苦渋に歪んだ。もっと早くに助けてやれていれば、或いは親子の名乗りを上げていれば、という後悔に苛まれているのだ。そこでおゆうは気付いた。梅屋が鶴仙堂と付き合い始めたのは、店が近いからではなく、お実乃を気遣ってのことだったのだ。

「貞芳さんに贋作を描かせていたのは、鶴仙堂だったんでしょうか」

「はい、鶴仙堂から聞きました。最初は実入りが減った貞芳が自ら贋作に手を出したようですが、そんな話は贋作商売に関わる者にはすぐ伝わります。鶴仙堂が貞芳を取り込むまでに、大して時はかからなかったようで」

「お実乃さんは、鶴仙堂が貞芳さんに贋作を描かせていることを知らなかったんですか」

「はい。知っていれば、鶴仙堂の世話になることはなかったでしょう。一方鶴仙堂の方は、前からお実乃に目を付けていたようです。そこでお実乃が一人暮らしになってから、親切めかして近付いたんです。世間知らずのお実乃は、まんまと騙されたんです。でもそのうちに薄々、鶴仙堂の正体に気付き始めたんじゃないでしょうか」

「それで二人の間に波風が立つようになったと」

「はい。贋の落款印を隠し持ったのは、それを使っていずれ鶴仙堂に復讐するつもりだったのだろう、と私は思っております」

そうか。育ての父を悪の道に引きずり込んだのが鶴仙堂で、今また同じ道に自分を引き込もうとしているとお実乃が知れば、絶対に許すことはできなかったろう。だが、それを察知した鶴仙堂に逆に殺されてしまったのだ。

「殺しのあった晩のことを、話して下さい」

「はい。私はだんだんお実乃が心配になり、近頃は人任せをやめて自分で何度かこっそり、お実乃の様子を窺いに行っていたのですが、あの晩も深川の方へ行く用事があって、帰りに六間堀に寄ったのです。すると、あの家のある路地から鶴仙堂が出てくるのに行き会いまして。慌てて身を隠したんですが、鶴仙堂の方はこちらに気付きもせず、ひどく取り乱した様子で、紙束を抱えて急ぎ足で通り過ぎました。私は妙な胸騒ぎを覚え、大急ぎでお実乃の家に行きました。灯りは消えていましたが戸は開いており、様子が明らかに変でしたので、提灯を持ったまま家に入りました。そこで……」

梅屋は悲しみを抑えるように、ぐっと唇を嚙んだ。そして気を落ち着けると、先を続けた。

「亡骸を見て私は驚き、絵の具の皿を足で引っ掛けてしまいました。それが親分さんに全てを見抜かれるきっかけになったのですね。思えばそれも、お実乃の導きかも知れません」

梅屋は大きく溜息をついた。

「あなたは、鶴仙堂を追いかけたのですか」

「はい。下手人が奴なのは疑いようがありませんでした。私は奴を捕まえるつもりで、後を追いました。帰りの道筋はわかっています。で、霊雲院の傍に来たとき、奥の方でたき火でもしているような灯りが、ちらっと見えました。通り過ぎかけたのですが、鶴仙堂が紙束を抱えていたのを思い出し、もしやと足を止めたのです。すると、夜回りの声が聞こえましたので、提灯を消して辺りに潜みました」

その先は、太平の証言と同じであった。梅屋は太平が去るのを待ってから寺の裏に入り、鶴仙堂が何をしていたか確認したのである。

「思った通り、鶴仙堂はお実乃の絵を焼いて始末していました。私は、それが許せなかった。親分さんのお言葉通りです。それでさらに追いますと、永代橋の上で奴の影が見えました。そのとき、奴は財布らしいものを大川へ投げ落としたんです。おそらくお実乃の財布で、物盗りに見せかけるために持ち出したんだ、と思い、ますます怒りがつのりました。奴には小網町で追いつき、そこで声をかけて稲荷の裏へ誘い込んだのです」

「あなたはその場で、娘さんの仇を討ったのですね」

「はい、鶴仙堂にお実乃の家から出てくるのを見た、と言ったところ、奴は私が強請ろうとしているのだと勘違いしました。私はそれに調子を合わせ、奴が油断して後ろを向いたところで首を絞めたのです。紐は、お実乃の亡骸の横に落ちていたものを使いました。同じ道具で奴を殺すのが、仇討ちにふさわしいと思ったからです」

「紐はどうされました」

「申し訳ありません。足袋と一緒に、燃やしてしまいました」

「そうですか」

それは予想した通りである。残った物証は、やはり草履の絵の具だけであった。

「では、贋作のことに戻ります。あなたは最初から、鶴仙堂が用意する絵は贋作だと聞いていたのですね」

「その通りです。今さら本物は描いてもらえないが、本物と見分けのつかない贋作なら用意できるかも知れない、と聞いて、その話に乗ってしまったのです。まさかお実乃が描いた模写に細工するのだとは思いもしませんでした」

梅屋はまた俯いた。そのときもっと深く聞いていれば、という後悔が、また巻き起こって来たようだ。

「途中で、もしかしたらお実乃も引き込まれているのでは、という疑いは持ちました。でも、はっきりわかったのはお実乃が殺され、家から絵が全部持ち出されているのに気付いたときです。あまりにも遅すぎました」

語尾が消え入りそうになった。梅屋の目にまた涙が浮かんでいた。

「お気持ちはお察しします。ですが梅屋さん、あなたは贋作をどうするおつもりだったんです。西海屋さんには、何も言わないまま押し通す気だったんですか」

梅屋はぎくりとしたようだ。肩が一度、大きく揺れた。

「は、はい、それは……正直、何も考えておりませんでした」

「放っておけば、西海屋さんとカピタンとの間で波風は立たない、カピタンが阿蘭陀に絵を持って帰れば、もう贋作がばれることはない。そういう話ですね」

「……」

梅屋の顔が青白くなった。言い返す言葉が出て来ないようだ。おゆうは首を振り、溜息をついた。

「梅屋さん、お実乃さんのことは大変お気の毒でした。仇討ちしたお心も、よくわかります。ですが、あなたはそこで自訴せず、証拠を始末した。そして贋作のことについては、あなたも鶴仙堂と同じです。結局あなたも、我が身を守りたかったのですね。一度どん底を経験された以上、今の商売を守ろうとされる気持ちもわかりますが、罪は罪です。逃れることは、できません」

おゆうはそう宣告すると、伝三郎の顔を見た。伝三郎は頷き、十手を梅屋に向けた。

「梅屋基次郎、鶴仙堂殺し並びに鶴仙堂と共謀した贋作売買の疑いにより召し捕る。神妙にお縄を受けろ」

「恐れ入りましてございます」

梅屋は畳に手をつき、深々と頭を下げた。その後ろに伝三郎から目で合図された源七が回り、梅屋の体を起こすと後ろ手に縄をかけた。おゆうは正面から、縄をかけられた梅屋の顔を見た。そこには、どこかほっとしたような表情が微かに浮かんでいた。

梅屋を挟んで、一同は表に出た。外では何人かの野次馬が、内では番頭とお登代がそれを見送った。おろおろしている番頭に比べると、お登代ははるかに落ち着いているように見えた。おゆうは微笑んだ。あの娘は、見かけより芯が強くて頭もいい。梅屋が潰れても、他所で元気に生きて行けるだろう。

通りに出て、大番屋へ向かって歩き出したとき、ふいに松次郎が振り返り、おゆうを睨んだ。おゆうはちょっと引いた。また「女のくせに随分と出しゃばってくれたな」などと言われるかと思ったのだ。これまで、様々な事件でそんな場面は何度もあった。だが、松次郎が発したのは一言だけだった。

「いい仕事だったな」

それだけ言うと、松次郎はさっと前を向き、何事もなかったように歩みを進めた。

「じゃ、殺しの方は無事に解決したんだな」

「そう。あのDNA親子鑑定で、全部の謎が解けた、ってとこかな。ありがと」

「ふうん、そうか」

事件の成り行きをざっと説明した優佳に、宇田川はいつもの通り、関心があるのかないのかわからないような応答をした。今さら言うまでもないが、分析対象の証拠物件への興味が最優先で、事件そのもののストーリーにはさして惹かれないのがこの男の性向だ。

「で、贋作の方は」

「うん、奉行所から西海屋にきっちり伝えた。贋作の絵は西海屋の蔵から奉行所が証拠物件として押収したよ。例の文書もね」

「それじゃあの文書、奉行所にあったのが流出したのか。管理はいったいどうなってるんだ」

「さあね。明治維新の混乱のとき、誰かが持ち出したんじゃないかな。そんなこと、結構あったみたいだし」

その辺の経緯については、想像するしかなかった。

「まあ西海屋の方はどうでもいいんだが、三厨への説明は」

「それなんだけど……」

実を言うと、まだ明確な解決方法は見出せていなかった。ただでさえ愛嬌のない宇田川の顔が、曇った。

「もうあまり悠長にはしてられないんだが」

「わかってるって。何とか考えてるから」

私はあんたの部下でも取引業者でもないんだぞ、と言ってやりたかったが、報酬をもらう以上は甘えてもいられない。

「でさ、この前の事件みたいに、一部始終を書いた文書を隠しておいて、今から取り出す、っていうのが一番いいんじゃないかって思うんだけど」

以前、江戸時代に書かれた事件の鍵になる文書を、現代の寺で回収したことがあった。それと同じ手が使えるのでは、と思ったのだが、聞いた途端に宇田川はかぶりを振った。

「そう簡単に行くか。前のときは、田舎の寺だったから残ってたんだぞ」

「東京だって古いお寺はあるでしょう」

「そもそも、誰に書かせるんだ。あんたが書くんじゃ駄目だぞ」

「うーん、阿栄さんなんかどうかな。有名人だし、事件の顚末《てんまつ》を承知してるから、頼めばすぐ書いてくれると思うけど」

「で、書かせてから寺に預けるって？」

「檀家になってる寺なら、適当に理由をこじつけたら預かってくれるんじゃないかな」

「檀家の寺って、本所界隈だろ。あの辺はこの二百年で少なくとも二度、丸焼けになってる。それを忘れたのか」

「あー、そうか」

本所周辺は、大正十二年九月の関東大震災と昭和二十年三月の東京大空襲で、焼け野原になっていた。そんなところに文書を置いておくわけにはいかない。そうでなくても江戸は火事が多いうえ、安政地震のような災害もある。とても安心できるような場所ではなかった。

「いっそ、甕か何かに入れて埋めちゃうとか」

「GPSなしで埋めて、現代で場所が誤差なしでわかるのか。わかったとしても、真上に三十階建てのタワーマンションが建ってたらどうするんだ」

「そりゃま、そうだよねえ……」

考え込んでしまった優佳を見かねたか、宇田川が案を出した。

「どうしても文書で残すんなら、現代から逆に辿ったらどうだ」

「逆に、って？」

「複製でも何でもいいから現代に残ってるのがはっきりしている文書に、書いとくんだよ」

「現代に残ってる文書って言われても……芝居の台本にしてもらうとか？」

「脚色されてフィクションと見分けがつかなくなってるようじゃ証拠にならん。論文とか日記とか、そんなのを探せ」

「論文は駄目でしょう。日記だって、残ってるものと言えばよほどの有名人のか、文学価値のあるものだよね」

「北斎の日記とか自伝とかは」

「なかったと思うけど……」

そのときおゆうの頭に、閃《ひらめ》くものがあった。文学価値のある、有名人の日記。そうだ。心当たりが、あるではないか。ハードルは高いが、やってみる値打ちはありそうだ。

「宇田川君、やっぱ、あんた天才かも」

目を輝かせて優佳は言った。宇田川は、「はあ？」という表情を浮かべて、呆れたように優佳をまじまじと見つめた。

「そうだったの。お実乃さんが、ねえ」

回向院《えこういん》近くの小料理屋でおゆうからお実乃の身の上を聞いた阿栄は、しんみりした口調になった。

「鶴仙堂も、そこまで悪い奴だったとは知らなかったよ。あまり付き合わないようにしてて良かった」

「ほんとにそうですよ。あいつはこの後も、北斎さんの贋作をいっぱい世に出せるよう、用意していたんです。でも、もしそうしていたら、お実乃さんがあの贋落款印を表に出して、鶴仙堂の贋作商売を潰してたかも」

「うーん、どうかなあ。お実乃さんの思惑通り行ったかはわかんない。贋作に絡んで儲けてる奴は一人や二人じゃないし、恐れながらと訴え出たら、お実乃さんもただじゃ済まないしねえ」

阿栄の思いは複雑なようだ。絵師を生業とする以上、贋作商売が根絶できないことをよくわかっているのだろう。

「それにしても、あんたさすがだねえ。噂通りの凄腕だよ。これでお実乃さんも、安心して成仏できるんじゃないかな」

阿栄はおゆうの盃に熱燗を注いで冷やかすように言ったが、本気でリスペクトしているらしいのは、目を見ればわかった。

「凄腕はよして下さいな。別に私一人が大働きしたってわけでもないし」

「またまたぁ。その辺の男の岡っ引きに、爪の垢でも煎《せん》じて飲ませてやりな。あたしも同じ女として小気味がいいよ。さあもっと飲んじゃって」

ちょっとハイになりつつある阿栄に促されて盃を干したが、昼間っから酔っ払うわけにはいかない。とは言え、これからやろうとすることには度胸が必要だし、多少はアルコールの力を借りておいていいかも知れない。

「あのう、ところで折り入ってお願いがあるんですけど」

切りのいいところで、おゆうは大事な話を始めた。阿栄は盃を持った手を宙で止めた。

「何だい、あんたが折り入って、って言うからには、大層なことかな？」

阿栄は楽しむかのようにそんなことを言って、話を聞いた。聞いてから、目をぐるぐる回して首を傾げた。

「そりゃ構わないけどさ。あっちが乗ってくるかは話してみないとわかんないよ」

「それでいいです。よろしくね」

「何でそんなことしたいのか、もう一つピンとこないけど……まあいいや、付き合ったげる」

阿栄は残った酒をさっと飲み干し、盃を卓にとん、と置いた。

おゆうは顔いっぱいに笑みを広げ、勘定を払うため亭主を呼んだ。

俎橋《まないたばし》を渡ったところで、阿栄は通りの先を指差した。

「あそこを入った裏手だよ。もとは履物屋だったんだけどね。今は表店は人に貸して、裏の家に住んでるんだ」

阿栄はそう説明してから、おゆうの先に立ってその家に向かった。勝手は知り尽くしている、という風だ。表から塀の内に入ってみると、なかなか立派な家だった。庭もしっかり作り込まれている。これは主《あるじ》の趣味なのだろう。

阿栄は表口の戸を慣れた様子でがらっと開けると、奥に向かって大きな声で呼ばわった。

「こんにちはぁ。北斎んとこの阿栄だけど。清右衛門《せいえもん》さん、居ますぅ」

一拍置いて、唸るような返事が聞こえ、どすどすという足音と共に、初老の男が現れた。頭はツルツルで、一見したところ大店の御隠居か何かのようだ。だが無論、この人物は悠々自適の楽隠居などではなかった。

「おう、阿栄さんか。しばらくだな。親父どのは、まだくたばらんのか」

いきなり随分な挨拶を投げてきた老人に向かって、阿栄は笑い声を上げた。

「ありゃあ、あと二、三十年はくたばらないね。清右衛門さんといい勝負だよ」

偏屈そうな老人は肩を竦め、おゆうの方を向いた。

「こっちは誰だ」

「ああ、おゆうさんっての。こんな別嬪なのに、凄腕の岡っ引きなんだよ」

おゆうは慌てて頭を下げた。

「おゆうと申します。お初にお目にかかります」

老人の挨拶は、ふん、という鼻息だけだった。が、おゆうが帯に差した十手には充分関心をそそられたようだ。

「女だてらに、御用聞きか」

「それでさ、このおゆうさんが、清右衛門さんに頼みって言うか、ちょいと話があるんだって。なかなか面白そうだよ」

「儂《わし》に話？　御用の筋じゃあるまいな」

「いえいえそんな。御用としてはもう終わった話なんですけど」

「終わった話だと。何か変わった一件でもあったのか」

「まあ、そんなことで」

老人は、ふうんと言って顎を撫でた。阿栄が苛立った声を出した。

「ちょいと清右衛門さん、早めの門松じゃあるまいし、こんないい女二人をいつまで入り口に突っ立ったままにさせとくのさ」

「ああ、そうか」

老人は初めて気付いたように照れ笑いをすると、くるりと背を向けた。

「上がってこっちへ来なさい」

南総里見八犬伝《なんそうさとみはっけんでん》の著者にして江戸後期最高の文豪、滝沢馬琴《たきざわばきん》は背を向けたままそう言い、そのまま二人を奥へ誘った。

十三

「いや、本当に驚きました。関口さんの言われた通りでした」

宇田川のラボの応接室で、向かいのソファに座った三厨と足立は、賞賛の目で優佳を見ていた。イケメンにそんな目で見られると、面映ゆいことこの上ない。

「いえ、私はもしかしたらと思って、サジェスチョンを差し上げただけですから」

「それがまさに大当たりでした。これがその、滝沢馬琴の曲亭《きょくてい》日記の文政九年分からコピーしたものです」

優佳はコピーを手に取り、内容を確かめた。曲亭日記の原本は既に失われており、現在あるのは複製ばかりだ。しかし書かれている中身は原本と変わらない。そこにある内容は、まさに優佳が馬琴に望んだもの、つまり西海屋と梅屋、鶴仙堂が関わった北斎贋作騒動の顚末だった。幕府への配慮か、カピタンのことは婉曲に示されているが、読む者に多少の常識があれば、カピタンのこととわかるようになっていた。

「そこに、鶴仙堂という人が作った文書は、鶴仙堂自身が贋作を企んだため、嘘八百が書かれているとはっきり書いてあります。これなら、疑う余地はないでしょう。何しろ、天下の滝沢馬琴が書き残しているんです」

歴史上名前が全く知られていない鶴仙堂の文書など、馬琴の日記に比べれば価値はゼロに近い。例の郷土史家も、反論などできはしない。これで東京青山美術館の権威は、立派に守られたのだ。

「それにしても驚いたのは、文政四年暮れの出来事なのに、文政九年の日記に書かれていることです。まあ、文政四年か五年にも書かれていたのでしょうが、文政九年より前の日記は見つかっていませんからねえ。本当に、ラッキーでした」

優佳は、本当にそうですね、と微笑んで頷いた。実は、一番苦労したのはまさにその点なのだ。三厨の言う通り、文政九年より前の日記は現在、どこにもない。散逸して失われたか、関東大震災で焼失したらしいのだ。馬琴の日記でさえこうなのだから、宇田川が懸念したように、普通の単純な文書ならまず現代まで残せていなかったろう。そこで、この贋作事件をいかにして残存する文政九年以降の日記に書かせるか、頭を捻らなくてはならなかった。何しろ、馬琴本人が納得しなければどうしようもないのである。

優佳は、カピタンを使った。商館長ブロンホフが北斎の絵を直接北斎に発注するのは、贋作事件の翌年の江戸参府のとき。そしてその絵を商館長が手にするのは、さらに四年後の次回の江戸参府、つまり文政九年なのである。発注したブロンホフはその翌年に交代して帰国し、絵を受け取ったのは後任の商館長であるが、それは文政四年の暮れには誰も与り知らぬこと。優佳は馬琴にカピタンのことを話し、元はと言えばカピタンが絵を注文したことに端を発した事件なのだから、本当に完結するのは、カピタンが無事に北斎の絵を手に入れたときだ、と主張したのである。

馬琴は、事件の大きさと複雑さ、カピタンが絡んでいたことを聞いて、大いに興味を惹かれた。北斎の絵だ、ということも大きな理由になった。北斎と馬琴は長年友人関係にあり、馬琴の戯作の挿絵を北斎が描くに当たって、意見が合わずによく喧嘩をしていたという。いかにも芸術家らしい話だが、歴史の上ではその後二人は袂《たもと》を分かち、確執があったとされている。だが阿栄に聞くと、それほどでもないらしい。馬琴が北斎の腕をずっとリスペクトしていたのは間違いないし、偏屈親父同士が仲直りを言い出せないまま、ずるずる来てしまった、という程度の話のようだ。事実と後の世の人が語り継いだ話が食い違う、というのは往々にしてあることだった。

結局、馬琴は優佳の頼みをあっさり承諾した。文政四年の日記にも当然記すが、カピタンが絵を手に入れたときに改めて事件について書き残す、という約束をしたのだ。カピタンが絵を手に入れたかどうかは、阿栄が伝えることにした。これほど変わった事件を世間が記録せずに流すのは、戯作者としての馬琴の矜持《きょうじ》が許さなかったのかも知れない。

「これで無事、予定通りに美術館はオープンできます。セレモニーにはご招待させて頂きますので、是非お越しください」

三厨はいかにもほっとしたという笑顔で、改めて頭を下げた。宇田川はふんぞり返ったまま、あー、どうも、とだけ返事した。優佳は天井を仰ぎたくなった。

宇田川の代わりに優佳は、大変ありがとうございます、と丁寧に応じた。それから、背筋を伸ばして口調を変えた。

「それで、実は一つ、疑問に思っていることがあるのですが」

「は？　疑問とおっしゃいますと」

三厨は満面の笑みから、俄かに不安げな顔になった。

「はい、例の文書が郷土史家の方から出て来たタイミングです。美術館開館前だったので助かった、と先日おっしゃっていましたが、それじゃ、なぜ今なのでしょう」

「あの、おっしゃる意味が今一つ……」

三厨と足立は、戸惑いを顔に浮かべた。宇田川は、知らん顔だ。

「美術館開館後にわかったなら、新聞種になって美術館と林野ビルさんに傷がつきます。一方、ずっと早くにわかっていれば、対策の打ちようはいくらでもあります。問題の絵を展示対象から外しておけばいいでしょう。でも、実際にわかったのは、問題の絵が目玉展示として外せない状況になってからで、しかもオープンまでに調査する時間はわずかながらあった。おわかりでしょうか」

三厨は、まだよくわからないようで「いいえ、申し訳ありません」と詫びた。優佳は頷き、先を続けた。

「調査期間は少しはあるので、御社としては何らかの対応を取らざるを得ない。でも、時間が足りない上、どこをどう調べたら良いかもわからない。こんな状況では普通、結果は出せません。そうなると、失礼ですが三厨さんの部署の責任になるのでは？」

三厨ははっとして目を見開き、「おっしゃる通りです」と頷いた。どうやら優佳が何を言おうとしているのか、察しがついたようだ。

「つまりですね、あの文書は、三厨さんの部署の責任にはなるが、会社に傷がつかないよう手を打つ余地はある。そういう絶妙のタイミングを狙って出されたように思うのです。美術館の目玉とする以上、鑑定以外にもある程度の事前調査はされていると思います。それにも引っ掛からなかったのですよね」

「はい、そうなんです。それでは関口さん、もしや、事前調査をした者が例の文書に気付きながらもわざと報告せず、タイミングを見計らって出すよう仕向けたとお考えですか」

「はっきり申し上げれば、その通りです。お心当たりが？」

三厨は顔色を変え、足立に言った。

「事前調査、あれは誰が？」

「業務監理課の永井《ながい》が、コンサルに依頼したはずですが……あいつ確か、小河内《おごうち》部長の子飼いでは」

足立も顔が引きつっている。優佳の指摘は、的を射たようだ。三厨は優佳の視線に気付き、急いで向き直った。

「失礼しました。身内の恥をさらすようですが、御多聞に漏れず、弊社にもいろいろとありまして」

なるほど、やはりそうか。社内の権力闘争。まさに、どこにでもある話だ。

「その小河内さんという方は、三厨さんの部署のトップの方と、ライバル関係にある、とかでしょうか」

「はい……簡単に申しますと、そういうことです」

「やはり。では郷土史家の方は、小河内さんの側から幾らかもらって協力したかも知れませんね。この先は御社の内部のお話ですから、お任せいたします」

「わかりました。あの、このことにつきましては……」

「ご心配なく。私どもにも守秘義務がございますから」

まだいくらか青ざめている三厨は、ほっとしたように息を吐いた。

「ありがとうございます。よろしくお願いいたします」

「まあ、この情報はサービスみたいなもんだから」

宇田川が能天気に口を出した。

「それじゃ、これでいいですね。請求書出すので、振り込みの方はよろしく」

「承知しました。大変お世話になりまして、ありがとうございました」

三厨と足立は、立ち上がって深く一礼した。二人とも、当面の問題は解決できたが、社内的にややこしい問題を抱え込んだことで愛想笑いが強張り、何とも言い難い表情をしていた。優佳はこの悩み多きイケメンに、胸の内で「頑張って！」とエールを送った。

「さーて、片付いた。ご苦労さん」

三厨が帰った後、宇田川は両手を挙げて大きく伸びをした。それから、下ろした手を上着の内ポケットに入れ、封筒を引っ張り出すと、無雑作に優佳の方へ差し出した。

「え？　何これ」

「決まってるだろ、報酬だ。前金十万を引いた残り、四十万。俺の懐から出てるから、領収書は要らん」

「え……そうなの」

てっきりラボからの業務委託だと思っていた。だが、そう言われてよく考えると、江戸へ出向いて調査を、なんて業務委託契約が作れるわけがない。

「てことはさ、宇田川君個人から仕事をくれたわけよね」

「まあ、そうだな。ちょうど年末に向けて、金がなかったんだろ」

「まあ、確かに」

優佳はようやくわかった。宇田川は、難しい仕事を押し付けてきたのではない。優佳が金に詰まっているのを知っていて、報酬付きの仕事を用意してくれたのだ。

「ごめん……ありがとう」

優佳は心の中でさんざん宇田川に悪態をついていたのを、申し訳なく思った。照れ屋の宇田川は、そんなこと気にはしないだろうが。

「そう言えば、明後日はクリスマスイブだね。どう過ごすの」

宇田川には、何かクリスマスプレゼントでも買おう。せめてものお返しに。近頃そんなものには縁遠いだろうから、喜ぶかも知れない。

「クリスマスイブ?」

宇田川は眉間に皺を寄せた。そして、一片の愛想もなく吐き捨てた。

「くだらん」

はいはい、聞いた私が馬鹿でした。

「いささか、誤解しておるのではないか」

南町奉行所内与力、戸山兼良は、卓を挟んで畏まっている伝三郎とおゆうに軽い調子で言った。もちろんここは奉行所ではない。亀井町《かめいちょう》の料理屋の二階座敷だ。いつものように伝三郎がおゆうの家で寛いでいたとき、ふいに戸山が現れて、一杯どうだと誘い出したのである。内与力がやることとしては、かなり型破りだが、戸山にはたまにそういう垣根を無視するところがあった。

「は、誤解と言われますと」

伝三郎が問い返すと、戸山はまあ飲め、とばかりに徳利を差し出した。伝三郎は恐縮しつつ盃で受けた。

「無論、西海屋のことだ。御奉行がお前に直々に、どんな様子かとお尋ねであったが、あれは調べに手心を加えよとか、そのような意味ではないぞ。西海屋は長崎からの知り合いなので、ただ単にどんな具合か聞いただけだ」

「左様でございますか。いえいえ、御奉行がまさか、手心などとは思いもいたしませんでした」

よく言うよ、とおゆうは内心で苦笑した。御奉行から暗に圧力をかけられたとびびっていたのに、しれっとしてそんなことを。この辺は、やはり伝三郎も宮仕えだ。

「そうか。境田から、お前が大層気にしていたと、こそっと聞いたのでな」

「それはちと大げさでございますな」

言いながら伝三郎は、唇の端を歪めた。左門の奴め、余計な気を回しやがって、と思っているのだろう。

「ははっ、まあそれならばいい」

おそらく戸山は、御奉行に言われて伝三郎へのフォローに来たのだろう。町奉行は、その道のプロである八丁堀の与力同心にそっぽを向かれては仕事にならないので、意外と奉行所の役人たちには気を遣うのである。

（でも、本当にただ具合を聞いただけかなあ）

おゆうはまだ多少、疑っていた。やはり御奉行は、西海屋が捕縛されるようなことは避けたかったのではないか。カピタンが出島を飛び越して勝手に絵を注文したことも、表に出したくはなかったろう。幸い、西海屋は捕縛されるようなことは何もしていなかったので、圧力などかけていないよと、とぼけているのかも知れなかった。まあ今となっては、どうでもいい話だ。

「あのう戸山様、やはりカピタンのことは、内々のお話なのですよね」

叱責覚悟で思い切って言ってみた。だが、戸山もなかなかの狸だ。一瞬目尻がぴくりと動いたが、それ以上動じることはなかった。むしろ伝三郎の方が、また要らぬ口出しをと汗をかいているようだ。

「ふむ。まあ、他言はせぬように、とだけ申しておこう」

「はい、承知いたしております。でも、西海屋さんがそれほどカピタンとお親しいとは知りませんでした」

一介の町人であるおゆうは知らなくて当然だ。伝三郎が、身をわきまえろというように睨んできた。が、戸山はさほど気にしていないようだ。

「西海屋があれほど大きくなったのは、出島を仕切る長崎の商人たちとうまくやってきたからだ。だから今では、少量であればカピタンと直取引もできる。形の上では、乙名衆という出島商人を通しておるがな。西海屋もそこまで行く途中ではいろいろあったようだ。商館の連中に贋物を摑まされて大損したこともあったらしい。泣き寝入りだがな」

「戸山様、よろしいのですか、そんな話を」

伝三郎が心配げな顔をして見せた。だが、今日の戸山はやはり鷹揚だった。

「まあ大っぴらに言うようなことではないから、これも他言無用だ。だが、長崎では町人でも皆知っておる話だ。そう目くじらを立てるほどでもあるまい」

戸山がそう言う以上、伝三郎は「はあ、そうですか」と頷く以外にない。その一方、おゆうは今の戸山の話から、別のことを考えていた。

「西海屋さんも、騙されたことがあったのですね……」

それからおゆうは、ぱっと顔を輝かせた。

「戸山様、ありがとうございます。実は一つだけ気になっていたことがあったのですが、今のお言葉で得心の行く答えが出ました」

「ほう、そうか。それは良かった」

戸山は軽くそれだけで応じた。伝三郎は、いったい何なんだ、と問いたそうな目でおゆうを見たが、おゆうも目で、「あ・と・で」と返した。伝三郎は不承不承引っ込み、戸山は上機嫌で徳利の追加を頼んでいた。

戸山が帰ってから、ほぼ一刻の後。傾いて来た日差しの中、おゆうは西海屋の前に立っていた。この前訪れてから十日。殺しが解決してからは、まだ一度も来ていない。その報告だと言えば、訪問の名分としては充分だ。おゆうは心を決めて、西海屋の暖簾をくぐった。無論、おゆうの本当の目的は、最後に残った疑問に決着をつけることであった。

おゆうの顔を見た番頭はすぐに帳場から出て来て、親分さん、お役目ご苦労様ですと挨拶し、手代に奥へご案内をと命じた。またこの前と同じ座敷に通されたおゆうは、そこで西海屋を待った。ただし今度は前回と違って、待たされたのはほんの五分ほどであった。

「聞きました。梅屋さんをお縄になすったそうですね。大手柄でございますな」

自分の腹心とも言える男が殺人容疑で捕まったというのに、西海屋は平然と言い放った。しかも自分がカピタンに代わって絵の注文を出したことが発端なのに、である。面の皮が厚いな、と思ったが、一代で西海屋を小店からここまでにした器量の人物だ。ここは調子を合わせることにした。

「いいえ、とんでもない。源七親分や松次郎親分あってのこと。何より、お縄になすったのは鵜飼様です」

「なあに、巷では、今度も見事な冴えを見せられた、と評判でございますよ」

西海屋は愛想笑いを浮かべた。先の二度の訪問では、表情が乏しく腹の内をさっぱり読ませなかったのだが、もう自分の足元が波立つことはないと安心しているのか、今日は好人物の如く振る舞っている。こういう使い分けができる奴なんだな、とおゆうは思った。

「冴えだなどと……お恥ずかしい」

おゆうは照れたように俯いてみせた。

「このようにお綺麗で、しかも秀でた頭をお持ちとは、鵜飼様が羨ましゅうございますな」

「まあ、お上手でございますこと」

もしかして、暗に自分もこんな愛人を持ちたいと言っているのだろうか。おゆうはさらりと受け流し、そろそろ本題に入ることにした。

「お褒め頂いて申し上げるのもなんでございますが……少しばかり気にかかっていることがございまして」

「ほう、どのようなことで」

西海屋の目に、僅《わず》かに警戒の色が現れた。

「はい。西海屋さんは、鶴仙堂が持って来たあの絵を、本当に北斎先生の真筆だと信じておられたのですか」

「おや、これは……先日も申しました通り、梅屋さんの仲立ちでしたからね。それに、あの文書をいただきましたので」

なんだ、そのことの蒸し返しか、と西海屋はまた安心したようだ。目付きが少し緩んだ。

「さあ、そこなのですが」

おゆうは肩に力を入れた。

「西海屋さんほどのお方が、いくら梅屋さんの仲立ちと言っても、初めて取引する相手をいきなり信用されるとは思えません。梅屋さんとは別に、評判を確かめようとなさるのが普通でしょう。ところが鶴仙堂は、絵師や絵を扱うお店の方々の間では、何かと噂のあるお方。一部では贋作に関わっているとさえ囁かれていました。その気で調べれば、すぐにわかることです。なのに、あなたは梅屋さんと鶴仙堂の話を鵜《う》呑《の》みにされたんですか」

「それを言われますと、耳が痛いですな。まさしく手前の不徳の致すところで」

西海屋は眉間に皺を寄せ、困惑したかのように溜息をついた。

「あなたは中野屋さんの絵を前に見ておられますよね。であれば、同じ絵が現れたのならまず、鶴仙堂が持って来た方が贋作では、と疑うのではないでしょうか。百歩譲っても、どちらが本物か詳しく調べようとなさるのでは？　でもあなたは、鶴仙堂が書いてきたただ一通の文書を信じた、とおっしゃいます。それはちょっと得心がいかないのですが」

おゆうがさらに迫ると、西海屋はさらに困った顔をした。

「いや、いちいちごもっともです。手前も少々焦っておりましたので、ついつい信じたいことを信じてしまった、というような次第で。誠に面目ございません」

いかにも済まなそうに言うと、西海屋は下げる必要もないのに頭を下げた。ふうん、前回は鉄面皮で、今回は百面相か。なかなかの役者じゃないの。逆にこうまでされたら、こっちの推測も確信に変わるというものだわ。自信を深めたおゆうは、正面突破に出た。

「これは、西海屋さんのお言葉とも思えません。焦っておられたなどと」

おゆうは微笑み、と言うよりせせら笑いを浮かべた。

「最初から、どうも引っかかっていたんですよ。贋作を売りつけられたはずの中野屋さんは、終始蚊帳の外でした。鶴仙堂と梅屋さんは当然としても、あなたまでもが中野屋さんに贋作のことを一切話していない。絵を見せてもらうような付き合いがある人に、なぜそんなに冷たいんです」

「いや、それはお店同士の付き合いに波風を立ててはと……」

西海屋の説明は、伝三郎が前に推測したのと同じであった。おゆうはかぶりを振った。

「そうでしょうか。そんな建前の話より、あなたも中野屋さんには何も言う必要がないと知っていたから、つまり中野屋さんの絵が贋作ではないとわかっていたからだ、と考えた方が、はるかにすっきりします」

西海屋はこれには答えなかった。おゆうは微笑みを浮かべたまま、西海屋を睨んだ。

「はっきり申しましょう。西海屋さん、あなたは初めから鶴仙堂が持ち込んだ絵を贋作だと見抜きながら、承知のうえでカピタンに売り付けようとしたのではありませんか」

「何ですと？」

西海屋の眉が吊り上がった。

「これはとんでもないことを。そんなことをしたら、せっかく築き上げたカピタンの信用をすっかり失ってしまいます。そうなったら一大事ですよ」

慌てて反論する西海屋は、予想外の話にうろたえているようだ。だが、既に確信しているおゆうには、その下の計算が透けて見えた。理屈で逃げる気だ。そうはさせるか。

「ばれっこないでしょ、そんなの」

それならこっちも、といきなり口調を蓮《はす》っ葉《ぱ》に変えたおゆうに、西海屋は目を丸くした。今度は本当に驚いたようだ。おゆうは構わず続けた。

「カピタンに北斎の真贋なんて、わかるわけない。出島出入りの絵師なら見抜くかも知れないけど、その絵師を通さずに勝手に注文した絵ですもの、見せられないですよねえ。あなたはそこまで見越した上で、贋作を掴ませようとしたんでしょう」

「それで手前にどんな得があると言うんです。もし仮に贋作と気付いたとしたら、梅屋さんと鶴仙堂さんをお払い箱にして、改めて北斎さんに注文すればいいだけです。何でわざわざカピタンを騙さなければならないんですか」

「そう、そこがわかんなかったんですよね。でも、さっき南町の戸山様から、あなたが長崎で阿蘭陀人に騙されて大損したって話を聞いちゃいましてねえ」

おゆうはニヤリと不敵な笑みを浮かべ、西海屋は顔をしかめた。

「意趣返し」

「はァ?」

「あなたはカピタンに贋作を掴ませることで、以前に阿蘭陀人にしてやられたことへの意趣返しをしようと考えたんでしょう」

「これはまた」

西海屋は大仰に驚いてみせた。

「昔、阿蘭陀人に騙されたことは確かですが、それは手前が未熟だったからです。まして、今のカピタンは手前を騙したお方ですらありません。何で意趣返しなど」

「それはどうでしょう。あなたは、自分がというだけでなく、日本人が異国人に煮え湯を飲まされて泣き寝入りする、ということ自体が我慢ならなかったのではありませんか。それで、異国人の代表であるカピタンに一杯食わせる機会が巡って来たのを喜んで利用し、溜飲を下げたかった。そういうことじゃないかと思ってるんですが」

西海屋は目を白黒させたものの、黙っていた。

「どうなんです？」

おゆうは前へ乗り出し、西海屋の顔を覗き込んだ。西海屋は、しばしおゆうの顔を見つめたまま黙り続けていたが、やがてふーっと大きく息を吐いた。

「さてさて、本当にとんでもないことをおっしゃいますなぁ」

それから西海屋は、いきなり笑い出した。その笑いは次第に大きくなり、終いには哄笑《こうしょう》となった。おゆうは呆気に取られてその様を眺めた。

「いやどうも、ご無礼いたしました」

ひとしきり笑った後、西海屋は軽く頭を下げた。

「それでそのようなお話、どこへ持って行かれるおつもりですか」

西海屋はまだ笑いを残したまま、どこか馬鹿にしたように言った。

「持って行く？　そんなつもり、ありませんけど」

「え？」西海屋が怪訝な顔になった。おゆうはふっと鼻で嗤った。

「肝心の贋作は奉行所が押さえてしまったから、もうカピタンを騙すことはできません。こんな話を奉行所にしたって、誰も聞きゃしないでしょう。変なことを言い出して騒ぎを起こすなって、お叱りを受けるのが関の山。持って行く先なんて、ないですよ」

まさにその通りのことを言っておゆうを牽制《けんせい》しようと思っていたらしい西海屋は、先手を打たれて啞然としていた。

「それじゃ、いったい何であんな話を」

おゆうは、ふふっと笑って西海屋の目を見た。

「私はね、ただ残った疑問を片付けて、すっきりしたかっただけ。本当のことが知りたかっただけなんです。あなたの目を見れば、もう気は済みました」それを聞いた西海屋は、呆れたように口を半開きにした。そして再び、大笑いした。

「何とまあ。この西海屋吉右衛門、あなたのようなお人に会ったのは初めてですよ」

「それって、褒め言葉ですか」

「お好きにお受け取りを」

おゆうはぐっと西海屋を睨んだ。そして、口元を押さえて笑い出した。西海屋もまた笑い、二人の笑い声が西海屋の奥座敷一帯に響き渡った。

しばらくして笑いを収めた西海屋は、手を叩いて下女を呼んだ。ほんの五、六秒で障子を開けて現れた下女は、菓子と茶の載った盆を持っていた。その菓子を見たおゆうは、あれ、これは、と首を傾げた。

「おや、ご存知ですかな。カステイラです。どうぞ」

差し出された皿に載っているのは、ちょっと現代のとは見た目が違うものの、カステラに相違なかった。

「ああ、これが。頂戴します」

江戸のカステラを食べるのは初めてだ。おゆうは懐紙を添えて手でつまむと、一口齧ってみた。食感は、やはり現代のものと異なっていた。しっとり感がなく、齧るとぱらぱら崩れる。パウンドケーキに近いような気がした。でも、これはこれで悪くない。

「お気に召しましたか。では、お帰りにお持ちください」

おゆうが美味しそうに頰張るのを見て、西海屋は微笑んだ。その微笑みに意味があったのは、後になってから知った。

食べ終わって茶を啜ると、西海屋はまた手を叩いた。今度は手代がやって来た。手代は、大きめの桐箱を捧げ持っていた。手代は西海屋とおゆうの間に桐箱を置き、廊下に控えた。西海屋が蓋を取り、中身を示した。二本に切り分けたカステラが、薄紙に包まれてきちんと収まっていた。

「ほんのお土産でございます。このたびは誠に、大変お世話になりました。どうぞ鵜飼様にも、何とぞよろしくお伝え下さいませ」

西海屋は丁寧に頭を下げておゆうを送り出した。その間、ずっと愛想のいい笑みを絶やさず、この前とは別人のようにさえ思えた。その笑みが、おゆうには何となく気になった。そこでふと、手に提げたカステラの箱が入った風呂敷包に目をやった。何だか、カステラにしては重いような気がした。

家に帰ったおゆうは、畳に桐箱を置いて蓋を取り、ちょっと考えてからカステラを取り出した。底には、金箔を散らせた厚紙が敷いてある。おゆうはそれをつまんで持ち上げてみた。そしてその下にあるものを目にすると、思わず吹き出した。それから、天井を見上げて大笑いした。何よこれ。鵜飼様にも何とぞよろしくって、そういうこと？　これじゃ時代劇の越後屋じゃないの。

桐箱の底には、小判がきっちり二十枚、隙間なく並べられていた。

十四

「ほう、カステイラとは有難ぇなあ。久しぶりだ」

下戸で甘党の北斎は、おゆうが差し出した紙包みを開けて、目を輝かせた。昨日、西海屋から貰《もら》ったうちの半分だ。底に敷いてあった二十両は、そのまま伝三郎に渡した。この時代には役人への付け届けは普通の慣習である。伝三郎はあっさり受け取り、源七や松次郎、それにおゆうにも分配した。

「もらい物で悪いんですけど」

「こっちこそ、気を遣ってもらってすまないねえ」

阿栄がそう言っている間に、北斎は早速楊枝《ようじ》を出して来て、カステラを楊枝の先で切り分けると口に入れた。

「うん、うめえ」

「親父どの、みっともない。かけらがこぼれてるよ」

阿栄の小言など聞き流し、北斎は目を細めてカステラを味わっていた。部屋はいつも通り散らかったままだし、袷《あわせ》の着物の端は擦り切れている。何度見てもこの姿は、とても世界史に残る巨匠だとは思えない。おゆうはくすっと笑った。

「さて、それじゃご覧に入れようか」

阿栄は立って、上がり框に座っていたおゆうに、部屋に上がるよう手招きした。上がれと言われても、足の踏み場を探すのは大変だ。おゆうはカステラに集中している北斎の脇を抜け、皿や紙くずや顔料の壺に足を引っかけないよう、恐る恐る足を運んだ。

「さあ、これだよ。なかなかいい出来だと思うよ」

どうにか隙間を見つけて座ったおゆうの前に、阿栄は裏打ちした一枚の絵を出した。

「あ……これ。うわぁ、綺麗」

それは完成したおゆうの絵だった。明快な彩色、着物の皺や背景の細部まで描き出した筆遣い。まさしく葛飾応為の美人画だ。下絵の段階で見せてもらったのに比べると、鮮やかさが格段に違う。広げた襟から覗くうなじの線は、艶っぽさと優雅さを併せ持っていた。おゆうはしばしの間、浮世絵の主人公になった自分の姿を、うっとりと眺めた。

「これはマジで素敵だわ……」

思わずそう呟き、はっとした。まずい。現代語を口にしてしまったか？

「まじですてきか。気に入ってくれたみたいだねえ」

阿栄は満足げに笑った。やれやれ良かった。思い出したが、「まじ」も「すてき」も江戸時代からあった言葉だった。ちょっと気を緩めると、こういう何気ないところで神経を痛める羽目になる。こればかりは、なかなか慣れることができない。

「この絵、置いとこうと思ったんだけど、あいにく買い手が付いちまってねぇ」

「え、買い手が居るんですか」

自分の描かれた絵を買う人がいるとは、想像していなかった。もしかしたらいつかもらえるんじゃないかという期待もあった。だが、阿栄はプロの絵師だ。どんな作品も、求める人がいれば当然売るだろう。

「まさか、私の知ってる人？」

もしや伝三郎では、と思ったのだが、阿栄は首を振った。

「深川の材木屋さん。ちょうど美人画を注文に来たときこれを見てね。是非とも買いたい、って。まあ、変な人じゃないから安心しな」

仕方がない。自分の姿がこのように価値ある絵になって後世まで残るなら、それもまた幸せというものだ。

「けどお実乃さんも、鶴仙堂みたいなのに、何で引っ掛かっちまったんだろうねえ」

阿栄はそれがひどく残念らしく、深い溜息をついた。

「真っ直ぐ懸命に修行していれば、お実乃さんもいつか世に出ることができたんでしょうか」

おゆうはしんみりと言った。お実乃はどこで間違ってしまったんだろうか。

「いや、そいつは何とも言えねえな」

カステラにかかり切りと思っていた北斎が、いつの間にか奥へ戻って来て、炬燵にもぐり込んだ。

「と、言われますと」

「うん。お実乃に才があったなら、とうに絵が売れてたと思うんだよ。あの娘の模写はよく出来てたって話だから、腕は悪くねえんだろう。それでも絵が売れなかったのは、何か足りねえものがあったんだろうなあ」

「何かって、何でしょうか」

「さあなあ。俺はあの娘が描いた絵は直に見たことねえんで、わからねえ。けどよ、何かが足りねえことはお実乃本人には、わかってたのかも知れねえな」

北斎は考え込むように腕組みした。

「模写を続けてたのは、その何かを探してたんじゃねえかな」

「ああ……そうかも知れませんね」

才能、か。おゆうは切なくなった。お実乃が父の貞芳と同様、自分にもさほどの才能がないことに気付いていたとしたら。その上で、絵師として生きるには贋作しかないと鶴仙堂に悟らされたとしたら。お実乃はどれほど辛かったろう。いつか鶴仙堂に復讐してやろうという気持ちを抱くのも、理解できると思った。

「贋作って、いったい何なんでしょうね」

おゆうはぽつりと、そう呟いた。

「そうだなあ」

北斎はまた腕組みし、首を傾げた。

「他人の絵を写すのは、模写だ。けどそいつを、描いた奴が本物だと偽ったら贋作だ。描いた奴次第でどっちにもなる。紙一重だな」

「結局、人の考え次第、ということですか」

「人の欲、だろうな。腕を上げたい、ってえ欲は模写をさせる。金を儲けたい、ってえ欲は贋作に走る。その上に、絵師にゃあ自分の腕を認めさせたいって欲もあるからなぁ」

「そういう欲がある限り、贋作は未来永劫《えいごう》、続いて行くんですね」

応挙、若冲《じゃくちゅう》、写楽《しゃらく》、歌麿、そして北斎。ゴッホ、セザンヌ、ピカソ。芸術ある限り、贋作は続く、か。しかし、鑑定士を騙せるほどの贋作なら、それも一つの芸術なのではないか。ああもう、何だかわからなくなってきた。

「どうも禅問答みたいになってきたねえ」

横で聞いていた阿栄が、笑って揶揄《やゆ》した。

「ああ、こいつは俺の柄じゃねえな」

北斎は頭を掻き、話を変えた。

「しかし西海屋を通して絵を頼もうとしたカピタンも、迷惑な奴だぜ。どんな事情があるのか知らねえが、直に俺のところへ注文してりゃ、こんなややこしい騒ぎにゃならなかったのによ」

「本当だよ。改めて注文に来たら、ひとこと言ってやらないとねえ」

おゆうは曖昧に笑うしかなかった。他言無用のはずのカピタンの話を、ここでもしてしまった。しかも、未来に起きることを予告したも同然なのだ。歴史への介入になりかねないとも思ったが、宇田川の説によれば、おゆうがこの江戸でやることは全て、歴史に組み込まれているはずである。ここはその説を信用しておくしかない。

「そうだ、あんたにゃ随分世話になったな。礼をしなきゃいけねえと思ってたんだが」

「そんな、お礼なんて」

おゆうは驚いて手を振った。北斎は知らないが、大いに世話になったのはこっちの方だ。

「そうもいかねえやな。しかし、あいにくこの通り銭がねえ」

北斎は手で家の中を示した。部屋の片付き具合からもわかる通り、北斎も阿栄も金銭管理はまったくルーズで、高い画料をもらっても、無計画にすぐ使ってしまうのだ。現金は、あるときはある、ないときはない。出入りの商人も、半ば諦めている始末だった。

「そこでだ」北斎は急に立ち上がり、押し入れを開けて何やらごそごそ探し出した。

「おう、あったあった」

引っ張り出して来たのは、一枚の絵だった。大判の浮世絵版画サイズだが、版画ではない。きちんと裏打ちされた肉筆画だ。構図は海辺の風景で、浜に並ぶ家々と帆をたたんで泊められた舟、緑濃い背景の丘が落ち着いた筆致で描かれている。海は白と薄茶色で表され、富嶽三十六景でよく知られたあの目が覚めるような蒼色、北斎ブルーは使われていない。あの色を生み出す顔料が欧州から輸入されるのは、もう少し後の話だ。

「注文流れになった絵でな。品川《しながわ》の近所で描いた奴だ。しまいこんだまま忘れてたんだが、昨日思い出した。こいつをやるから、どっかで売りな。五両ぐらいにはなるだろう」

「えっ、この絵を」おゆうは目を丸くした。

「いいんですか」

「いいよ、親父どのが言うんだから。却って面倒かけちゃうかも知れないけど、あんた、絵が好きなようだし。売っても持っててもいいから、もらってよ」

「それじゃ、その、遠慮なく」

おゆうは押し頂くようにして絵を受け取った。大層だねと阿栄が笑った。大層なものか。国立美術館に収蔵されててもおかしくない品物なんだぞ。こんなのもらって、本当にいいんだろうか。

「もう師走だもんねえ。いろいろ入り用だろうけど、ささやかなお礼でごめんね」

「ささやかだなんて。充分過ぎるくらいですよ。ありがとうございます」

おゆうは、阿栄が恐縮するぐらい丁寧に礼を述べた。そうか、今日から師走。現代暦の東京では、クリスマスイブなのだ。まさか北斎からクリスマスプレゼントをいただくとは。

北斎の家を出たおゆうは、一人でふふっと笑った。何とも素晴らしい、本所のクリスマスではないか。


東京の自分の部屋に戻って、ネットで北斎の肉筆画の値段を調べてみた。結果は、どうもはっきりしなかった。競売になった例も示されていたが、落札価格までは出ていない。しばらく検索を続けてみて、少なくとも数百万円以上、ということは何となくわかった。版画なら何しろ数が多いので、富嶽三十六景などの人気作でなければ、北斎の作品でも十万円程度で手に入るものもあるようだ。肉筆画は、多作であったとは言え版画に比べれば桁が違う。それだけに、売買例も多くはないのだ。結論としては、五百万円であっても五千万円であってもおかしくない、ということだった。芸術作品に定価などないのである。

さて、どうしよう。椅子の背に体を預けて優佳は考えた。果たして江戸から持ってきたものを現代で売る、ということが許されるのだろうか。入手経路はまったく合法――と言うより法の想定外――だから、売って罪になるわけではない。だが、江戸では二束三文なのに現代では高価なもの、浮世絵などはその典型だが、それを仕入れて売るというのは、さすがにモラルハザードではないかと思えた。それに、出所不明の骨董美術品が急に幾つも出回り始めたら、不審に思う者が必ず出てくるだろう。

しかしこの北斎からもらった絵はどうだろう。北斎は売ることを前提に礼金代わりとしてくれたのだ。そもそも、これだけの美術品を優佳の家の押し入れに眠らせておくなど、人類全体の損失ではないか。

もしオークションに出したらどうなるか。優佳は想像を巡らせる。サザビーズのような権威あるオークションに出すことができれば、全世界に知られた北斎のことだ、十万ドル単位の値がつくだろう。誰か有力な画商を介して、欧米のコレクターと内々で相対取引をすれば、あるいは……。

いかんいかん。優佳は頭を振って妄想を振り払った。これを国外に流出させるのは、やはり許すべきことではないだろう。売るなら、三厨のところだ。家の奥から出て来たことにして、東京青山美術館に適正価格での買い取りを頼み、展示品に加えてもらう。今回の事件の成り行きから考えても、そうすることが一番理に適っているのではないか。

よし、そうしよう。今すぐではタイミングが良過ぎるから、少しほとぼりがさめてからにしよう。優佳はようやく自分で納得し、パソコンを閉じた。ふと気が付くと、机の隅に美術館の冊子が載っていた。依頼を受けたとき三厨たちからもらって、ろくに見もせず置きっぱなしにしていた青山美術館の展示品カタログだ。取り上げて、表紙を開いた。今回の騒動の発端となった北斎の絵が、トップに見開きで掲載されていた。もらった絵を美術館に買い取ってもらえば、改訂版でこの次のページくらいに入れてくれるだろうか。

パラパラと頁をめくってみた。前半に江戸美術、後半にそれ以外という構成らしい。江戸の分は、浮世絵が主体のようだった。北斎のものも、無論何点もある。そう言えば、江戸で見たような絵もあるな、などと思って頁をめくった手が、ぴたっと止まった。

優佳の目はその頁《ページ》に釘付けになり、大きく見開かれた。口までぽかんと開いてしまった。その絵のキャプションには、こう記されていた。

「冬日和《ふゆびより》美人図《びじんず》　肉筆画　葛飾応為　文政四年頃」

優佳はしばらくの間声も出せないまま、カタログの頁の中でポーズをとっている自分の艶姿を、じっと見つめていた。

夕方になって、伝三郎がやって来た。いつもと変わりない様子だ。

「よう、今日も冷えてきたなあ。あれっ？」

部屋に上がった伝三郎は、奥の六畳を見てニヤッとした。

「おい、とうとう炬燵を買ったのか」

「はい、やっと。これで少しは暖まれますよ」

そこに鎮座しているのは、買ったばかりの炬燵だった。火鉢に木の櫓《やぐら》を被せてその上に布団をかけただけだが、ただの火鉢にあたるだけに比べたら、格段に快適だ。北斎など、寒い日は炬燵に入りっぱなしで寝そべって絵を描いている。

「こいつは有難えなあ」

大小を刀掛けに置いた伝三郎は、早速ごそごそと炬燵に入り込んで背中を丸めた。おゆうはその姿に微笑みながら、熱燗の用意をした。時代がどうあれ、日本の冬は炬燵に勝るものはない。

「さあ、それじゃまずは一杯」

ちろりは安定が悪いので、熱くなった酒を徳利に移し、佃煮と蒲鉾を添えて盆に載せ、炬燵の布団の上に置いた。

「もうすぐ鶏《とり》もご用意できますから」

「へえ、何だかご馳走じゃねえか。今日は何かいい日だったかな」

「ええ、まあいい日、ですよね」

おゆうは肩を竦めてくすくす笑った。何と言っても、クリスマスイブなのである。ケーキはないしチキンも鶏鍋だが、ここは江戸である以上、やむを得ない。伝三郎にとってはただの師走の一日だから首を捻るだろうが、おゆうは自己満足で充分だった。

「梅屋さんのお調べは、もう終わったんですか」

伝三郎の盃に最初の一杯を注ぎながら聞いた。逮捕後七日、もう落ち着いた頃だろう。

「ああ、だいたい終わった。すっかり綺麗に話したよ。お前の読み通りで、ほぼ間違えなかった。今は小伝馬町で、娘のために毎晩、経を読んでるらしい」

「そうですか。お縄にされたことで、却って落ち着いたのかも知れませんね」

捕まったとき梅屋が垣間見せた、どこかほっとしたような表情が思い出された。

「梅屋さんは、なんで鶴仙堂なんかに話を持ちかけたんでしょうねえ」

そもそもあんな胡散臭い奴に、北斎の絵の手配を相談するべきではなかったのだ。

「どうもなァ、手酷く断られたもんで、真っ当なやり方じゃ北斎の絵は手に入らねえと思い込んじまって、それなら裏の事情にも通じてる鶴仙堂に、と考えたらしい。焦って目が曇った、って当人は言ってる。西海屋の頼みに下手を打つわけにゃいかねえって、独り相撲をとっちまったんだろうな」

「鶴仙堂に相談しなきゃ、お実乃さんが贋作を作らされることもなかったのに。私が話を聞きに行って、鶴仙堂を慌てさせて殺しを呼び込むこともなかったのに……」

おゆうはまた思い出してしまい、唇を噛んだ。もっとよく考えてから動いていれば。

「おいおい、何を言い出すんだ。妙なこと気にするんじゃねえ」

伝三郎が盃を置き、急に語気を強めた。

「そりゃあ、気持ちはわからなくもねえけどよ。十手持ちは人の話を聞き回るのが商売だ。その結果、相手がどう動こうと、それは動いた奴の考えなんだ。いちいち気にしてたら、下手人を追い詰めるなんざ出来やしねえぜ」

「あ、はい、それは……」

「そもそもの話をするんなら、カピタンがきちんと出島の絵師を通して絵を買ってりゃ、何事もなかったんだ。西海屋も、梅屋なんか使わずに手代を北斎のところへ行かせりゃ良かった。遡りゃ、きりがねえ。人ってのはな、その場その場でいろんな道を選ぶ。それが間違ってることなんざ、いくらでもあるさ。そういうことの積み重ねで世の中は回ってるんだ。前に戻ってやり直しても、その次にはまた別の間違いを仕出かしてるかも知れねえ。それを気に病んでも仕方ねえんだ」

そこまで言うと、伝三郎は頬を緩めておゆうの肩に手を置いた。

「だからもう、つまんねえことは言うな。ほら、お前も飲めよ」

伝三郎は優しく諭すように言って、おゆうの盃を満たした。

「はい……わかりました」

おゆうはすっと盃を干すと、「あ、鍋が煮えたようです」と言いながら台所に立った。確かに鶏鍋はぐつぐつと煮えていたが、涙がこぼれかけるのをおさえるためでもあった。

「さあ、いい具合に出来てますよ」

おゆうは湯気の立つ鍋を炬燵の横に据えた箱膳に置いた。出汁の香りが部屋の中に広がった。うん、煮売り屋で用意してもらったのを温めただけだが、なかなか美味しそうだ。

そこで伝三郎が、思い出したように言った。

「そう言や、お前、贋作のネタを聞き込んだから鶴仙堂に行ったんだよな。初めにそのネタはどこから仕入れたんだい。阿栄かい」

うっ。こんなときにそんな厄介なこと、聞かないで。

「えー、そうそう、阿栄さんからですよ。ほら、前にそう言ったじゃないですか」

「ふん、そうだっけか……ま、確かに阿栄しか居ねえわな」

「さ、せっかくの宵なんですから、仕事の話は置いておきましょう。ささ、どうぞ」

おゆうはいい具合に煮えた鶏肉を小鉢に取り、伝三郎に渡した。

「おう、うめえな、こりゃ。こうしてると、何か格別の晩、って気になってくるなあ」

そうでしょうとも。今夜は聖夜。出島のオランダ商館では、主を讃える宴が催されている頃だろうか。阿栄はひとこと言ってやるなどと息巻いていたが、カピタンが自分のために江戸で起きた騒動を知ることは、おそらくあるまい。

それからは、とりとめもない話をしながら時が過ぎた。鍋は空になり、夜は更けてゆく。邪魔は一切入らない。多くの女子と同様、おゆうも恋人と二人きりのクリスマスイブを心に描いてきた。かなり変則的ではあるが、今まさにそういう時を過ごしている。

(ああ、いいなあ。こういうの)

おゆうは幸福感に酔い、熱燗に酔った。頭のどこかで飲み過ぎ、という警報が鳴っていたが、やがてそれも聞こえなくなった。

「おいおい、大丈夫か。だいぶ目がぼんやりしてきてるぜ」

伝三郎が、心配しているような、面白がっているような声で言った。そう言えば、瞼が重い。何だかふわふわしている。

「鵜飼様ぁ……ちょっと酔っちゃったみたいです」

おゆうは伝三郎に寄り添うと、その肩に頭を預けた。

「ごめんなさい。少しこうしててもいいですか……」

回らなくなってきた舌で呟くように言うと、おゆうは目を閉じた。伝三郎の逞《たくま》しい肩と、その温もりを頬に感じる。うん、幸せ……そこでおゆうの意識は途切れた。

＊　＊　＊

伝三郎は寝入ってしまったおゆうを、起こさないよう気を遣いながらそうっと横たえた。座布団を丸めて頭の下に入れ、炬燵から徳利と盆をどけると、布団を外して体にかけてやった。それから火鉢の炭を灰に埋め、行灯を消し、音を立てないように襖を開けた。おゆうはすやすやと寝息を立てている。その姿にもう一度笑みを向けてから、伝三郎は襖を閉め、大小を摑んで表に出た。

「うわ、こりゃ寒いわ」

いきなり寒風が身を刺して、思わず声に出した。伝三郎はおゆうの家を出たのを後悔した。朝まであの温もりの中に居られたものを。しかもおゆうは酔って寝てしまったから、間違いの起こる心配もないというのに。

（ま、しょうがねえ。今さら戻るのも何だし）

冬空に冴え返る月が、江戸の町を照らしている。提灯がなくても歩けるのは有難いが、その光はいかにも冷たい。

（それにしても、出だしから妙な事件だったよな）

伝三郎は、鶴仙堂殺しで出張ったときのおゆうの様子を思い出していた。贋作の調べだと言いながら、頼み人は誰かどうしても明かさない。おゆうは何かひどく困惑して、悲しそうにさえ見えた。言いたいのだがどうしても言うことができずに、苦しんでいる。そんな風に伝三郎は思ったのだ。

（阿栄は自分が頼んだと言ったが、それは嘘だろう）

源七は納得したようだが、伝三郎は信じていなかった。本当に阿栄が頼み人なら、おゆうはあれほど苦しそうな顔をする必要はなかったはずだ。やはり、絶対に明かせない頼み人が他に居たのだ。そして、それはおそらく……

（未来の人間、だな）

おゆうが未来から来た人間であることは、伝三郎は既に確信していた。おゆう本人は気付いていないかも知れないが、彼女は些細《ささい》なミスをたくさん犯している。江戸にはない味付けの惣菜を出してきたり、外来語を口に出してしまったり、簡単な英語が読めたり、地名を後年のものと間違えたり。伝三郎は、ふっと笑った。まあ、そんなことは俺にしか見抜けないだろうがな。それが未来のものと判別できる、この俺が。

そこで伝三郎は思い至った。おゆうが今夜が何か特別のもののように振る舞っていたわけを。そうだ、確か今夜はクリスマスイブなのだ。無論、新暦ではの話だが。

（なるほど、あいつの住んでいる未来では、クリスマスを充分に楽しんでいるらしいな）

自分が江戸に飛ばされてしまう前の最後のクリスマス、昭和十九年の聖夜は、とてもそんな行事を祝える雰囲気ではなかった。敵国の祭りを盛大に祝ったら、憲兵以前に隣組の班長が怒鳴り込んで来ただろう。

（こっちへ来て十二年も経ってから、クリスマスを思い出されるとは思わなかったぜ）

伝三郎は苦笑した。帝国陸軍航空隊の特別操縦見習士官だった自分を、十二年の歳月がすっかり江戸の人間にしてしまっていたのだ。おゆうに出会うまでは。

（さて、それなら未来の人間が、なぜ江戸の贋作を調べさせたのか）

考えられることは、未来で北斎の贋作らしきものが見つかり、その真相を江戸で、できれば北斎自身に接触して調べるよう頼まれた、ということだ。だが、そうであればおゆうが江戸に来ていることを承知している人間が、あっちの世界に居ることになる。

（もしかすると、頼まれたんじゃなく命じられた、ってことかもな）

おゆうが何らかの組織に属し、その司令官の命で江戸に来ているのだ、ということも考えられる。もしや、時間警察のような？

いやいや、馬鹿な。伝三郎は自分で吹き出しかけた。H・G・ウェルズや海野十三《うんのじゅうざ》じゃあるまいし。おゆうの振舞いの自由さ加減は、とても組織の命を受けた人間には見えない。やはり個人の意志で来ているのだろう。ひょっとしておゆうの世界では、箱根《はこね》の温泉へでも行く感覚で誰でも時間旅行ができるのか？

まさかな、とさすがに伝三郎は思う。ならば、それらしい人間がこの江戸におゆう一人しか居ない、ということはあるまい。やはりおゆうは特別な存在なのだ。

（やれやれ、つくづくとんでもない女に惚れちまったもんだ）

伝三郎は苦笑し、溜息をついた。ついた息が白い霧になった。

（しかし、これからどうしたものか）

今回は何とか誤魔化しがついたが、未来から来ていることで様々な矛盾を抱えている以上、おゆうが追い詰められるような場面はまた出てくるだろう。そのとき自分はどうすればいいのか。騙された振りにも限度があるのではないか。

（いっそ、全部ぶちまけるか……）

そういう選択肢も考えざるを得なかった。だが、それにより二人の関係はどう変わるのか。今のおゆうとの関係に、いつの間にか心地良さを感じている伝三郎は、その選択でおゆうを失うということを何より恐れている自分に気が付いていた。

（惚れた弱み、か。しかしな……）

何が最善か、伝三郎に答えは出せそうになかった。だが、このままではいつか限界が来る。このままではいけないのだ。たぶん……。

（ええいもう、今夜は考えるのはやめだ）

伝三郎は頭を振って、千々に乱れる思いを払った。答えはいつか出る。それが吉なのか凶なのか、今はまだ何もわからない。

ふいにまた冷たい風が吹き込み、伝三郎は思わず着物の前をかき合わせた。どこか遠くから、犬の遠吠えが聞こえた。

本書は書き下ろしです。
この物語はフィクションです。作中に同一の名称があった場合でも、
実在する人物・団体等とは一切関係ありません。

宝島社
文庫

大江戸科学捜査　八丁堀のおゆう
北斎に聞いてみろ

（おおえどかがくそうさ　はっちょうぼりのおゆう　ほくさいにきいてみろ）

2017年10月19日　第1刷発行
2024年11月20日　第4刷発行

著　者　山本巧次
発行人　関川 誠
発行所　株式会社 宝島社
〒102-8388　東京都千代田区一番町25番地
電話：営業 03(3234)4621／編集 03(3239)0599
https://tkj.jp
印刷・製本　中央精版印刷株式会社

ISBN 978-4-8002-7683-4